짐승 영주에게
사로잡힌 아가씨

짐승 영주에게 사로잡힌 아가씨

초판 1쇄 찍은 날 | 2015년 4월 1일
초판 1쇄 펴낸 날 | 2015년 4월 10일

지은이 | 미즈시마 시노부
그린이 | 아사히코
옮긴이 | 정우주
펴낸이 | 예경원

편집책임 | 박우진
편집 | 오아현

펴낸곳 | 예원북스
등록번호 | 제396-2012-000132호
등록일자 | 2012. 7. 25
YRN | 제5-0019호

주소 | 경기도 고양시 일산동구 무궁화로 8-28 삼성메르헨하우스 712호 (우) 410-837
전화 | 031-819-9431 팩스 | 031-817-9432
http://blog.naver.com/ainandfin
E-mail | ainandfin@naver.com

ISBN 979-11-5630-537-8 03830

짐승 영주에게 사로잡힌 아가씨

미즈시마 시노부 글 아사히코 그림 ㅣ 정우주 옮김

짐승 영주에게 사로잡힌 아가씨

등장인물 소개

❁ 펠튼 목사

❁ 에일라 & 마일라

루퍼스

라일라

서장

　그곳은 사람을 잡아먹는 짐승 영주가 산다고 일컬어지는 저택이었다.

　그중에서도 즐겨 먹는 것은 순결한 처녀라고…….

　정말일까. 단순한 소문일지도 몰라. 영주님이 짐승이라니 그럴 리가 없는걸.

　라일라는 떨리는 손으로 자신의 얼마 없는 짐을 가슴에 끌어안고, 그 영주관의 뒷문을 향해 발걸음을 옮겼다.

　영주관은 성처럼 낡고 커다란 건물이었는데, 라일라 입장에서 보면 집이라는 개념을 뛰어넘은 곳이었다. 촌락의 서쪽에 세워져 있어서 마을에서는 항상 이 저택의 음침한

외관을 볼 수 있었다.

이미 저녁 시간대라서 어스름했다. 그러나 라일라는 영주관으로부터 이 시간에 오라고 통보받았던 것이었다.

돌로 만든 외벽은 담쟁이덩굴로 뒤덮여 매우 끔찍한 모양새였지만, 안으로 들어가자 의외로 그렇게까지 처참하지는 않았다. 적어도 거미줄이 쳐져 있거나 먼지투성이인 상태는 아니었다. 바닥도 깨끗하게 닦여 있다는 사실을 알고 나서 안심했다.

그렇다고는 해도 이곳은 하인이 드나드는 문이었기에 이 저택 전체가 어떤 상황인지는 알 수 없었다.

"자, 이쪽이야."

라일라를 불러들인 하녀에게 이끌려서 안으로 나아갔다. 하인들이 쓰는 거실에서 기다리라는 말을 듣고, 라일라는 조잡한 나무테이블 앞으로 갔다. 같은 재질의 나무의자에는 얇은 쿠션이 놓여 있었다.

얼마 지나지 않아 위엄 있는 얼굴을 한 깡마른 중년 가정부가 찾아왔다. 이 저택은 그녀가 도맡아 관리하고 있는 것일까. 라일라는 일어서서 치마를 양손으로 붙잡고 고개를 숙였다.

"네가 마을에서 고용살이를 하러 왔다는 아이구나? 이름은?"

그녀의 쌀쌀맞은 말투에 놀라면서도 라일라는 쭈뼛쭈뼛

대답했다.

"라일라 펠튼입니다. 아버지는 마을 목사를 하고 계시는데……."

"아아, 딱히 그런 건 됐어. 나이는 몇 살이지?"

가정부가 날카로운 목소리로 그녀의 말을 가로막았다. 짐승 영주에게 바쳐진 제물로서 괜찮을지 아닐지를 질문받은 것만 같은 기분이 들어서 라일라는 일순 기가 죽었다. 거짓말을 할까 하는 생각도 했지만, 해보았자 의미는 없으리라.

"스물입니다."

"튼튼해 보이고, 여러모로 쓸 만하겠네."

도대체 무엇에 쓸 만하겠다는 것일까. 역시 자신은 제물로서 영주에게 바쳐지는 것인지도 모른다. 영주에게서 고용살이할 아가씨를 내놓으라고 명령받았던 마을에서는 그런 식으로 말이 돌고 있었다. 그래서 목사의 딸인 라일라가 그 역할을 억지로 떠맡고 만 것이었다.

나 역시, 짐승에게 잡아먹히고 싶지 않은데…….

그래도 역시 올 수밖에 없었다. 누군가는 가야만 하는 것이었다. 온 마을 사람, 특히 아버지나 두 언니가 간절히 애원하는 바람에 자신은 이곳에 와야만 하는 처지가 되었다.

라일라는 상대가 빤히 쳐다보자 몸이 오그라들 것만 같은 느낌이 들었다. 그녀가 자신을 물건을 감정하는 듯한 눈빛으로 바라보았기 때문이었다.

개암나무빛 눈동자를 지니고, 엷은 갈색을 띤 긴 머리카락을 리본으로 한데 묶고, 허름한 드레스를 몸에 걸쳤다. 그다지 특별한 구석도 없는 마을 아가씨였다. 외모가 훌륭하지도, 나쁘지도 않았다.

"일을 시작하기 전에 영주님께서 너를 만나고 싶으신 모양이야."

똑 부러진 말을 전해 듣고서, 라일라는 저도 모르게 비명을 지를 뻔했다.

"여, 영주님께서요……?"

"보통은 영주님이 일일이 고용살이하는 아이 따위를 만나지 않겠지만, 우리 영주님께서는 조금 별나시니까."

처녀를 먹는다는 소문이 돌고 있는 영주인데도, 별나다는 한마디로 끝내도 좋은 것일까.

"그, 그렇지만 저는……. 저기…… 영주님께는……."

가정부는 묘한 눈빛으로 라일라를 보았다.

"됐으니까 서둘러 뵈러 가자. 자, 이쪽이야."

가정부가 앞장서서 걸었기에 라일라는 따라갈 수밖에 없었다. 영주의 소문이 사실이라고 해도 만나자마자 잡아먹지는 않으리라, 아마도.

그래도 라일라는 겁을 집은 채 가정부를 따라갔다. 어차피 도망칠 수도 없으니 어떻게 해서든 이곳에서 잘해 나갈 수밖에 없었다. 영주에게 잡아먹히지 않도록 신경 쓰면서.

가정부는 멋들어진 문 앞에 서더니 자세를 바로 잡고 점잔빼면서 노크를 했다.

"들어와."

나지막하게 잠긴 목소리가 들려왔다.

라일라는 소름이 돋았다. 그것이 땅 밑에서 들려오는 것 같은 목소리로 여겨졌기 때문이다.

문이 열렸다. 가정부는 라일라에게 들어가라고 재촉한 다음 문을 닫고 물러갔다.

그 방은 서재였다. 벽이 키 높은 책장으로 꽉 차 있었다. 물론 갖가지 멋진 장서가 그 안에 채워져 있었다. 감색 융단, 중후한 책상에 의자, 그리고 너무나 안락해 보이는 낡은 긴 의자 등이 놓여 있어서 전체적으로 어두운 분위기였다. 커튼색도 칙칙한 심홍색을 바탕으로 한 것이었는데, 그 커튼이 반쯤 쳐져 있었기 때문에 시간대가 저녁 무렵이기도 해서 꽤 어두웠다.

라일라는 창 쪽을 향해 있는 키 큰 남성을 찾아냈다.

가슴이 두근거려 왔다.

그 사람이야말로 '짐승 영주님'이었다. 틀림없었다. 그는 길이가 긴 검은 상의에 검은 바지를 몸에 걸치고 있었다. 양쪽 모두 고급 천으로 지은 옷이었다.

"여…… 영주님……. 이번에, 고용살이를 하러 왔습니

다. 라일라 펠튼이라고 합니다."

라일라는 치마를 움켜쥐고 허리를 숙이며 고개도 낮게 조아렸다. 지금까지 이렇게 신분이 높은 사람을 만난 적이 없어서, 이 인사가 올바른지 아닌지도 잘 몰랐다. 그러나 어떻게든 그의 노여움을 사지 않았으면 좋겠다고 바랐다.

왜냐하면 잡아먹히고 말지도 모르는걸.

"라일라인가. 고개를 들어라."

"예."

머뭇머뭇 고개를 들었다. 그러자 그가 이쪽을 향해 뒤도는 모습이 눈에 들어왔다.

그의 안면은 대단히 무서운 늑대의 얼굴이었다. 온 얼굴이 검회색 털로 뒤덮인 데다 코가 개처럼 튀어 나와 있었고 입에서는 하얀 이빨이 보였다.

라일라는 안색이 창백해지면서 비틀비틀 뒷걸음질 쳤다. 비명을 지르고 싶었지만 목소리가 나오지 않았다. 그저 가슴 위에 손을 얹고서 그의 얼굴을 응시할 수밖에 없었다.

나…… 잡아먹히고 마는 걸까? 이 늑대에게?

"걱정하지 않아도 된다. 이건 가면이야."

"가, 가면……?"

라일라가 눈을 휘둥그레 뜨며 그의 얼굴을 자세히 살펴보았다. 확실히 진짜 늑대의 얼굴이 아니라 만들어진 물건처럼 보였다.

그렇지만 그는 어째서 늑대 가면 따위를 쓴 거지?

일시적인 공황은 가라앉았지만 라일라는 아직 무서웠다. 그는 짐승 같은 혼을 지녔기에 짐승 가면을 쓴 것일지도 몰랐다.

"얼굴이 새파랗군. 거기에 있는 의자에 앉아라."

갑자기 현기증이 일었다. 거기에 있는 의자란 어느 의자를 말하는 것일까 하고 생각하는 사이에 그가 이쪽을 향해 왔다. 그 무서운 짐승의 가면이 다가오는 광경을 보고, 라일라는 더욱 뒷걸음질 치려고 하다가 무언가에 발이 걸렸다.

작게 비명을 지르며 꼴사납게 쓰러질 뻔한 라일라를 그가 받아서 안아주었다.

그 얼굴이 가까이에 있었다. 라일라는 너무나 공포스러운 나머지 비명이 터질 뻔했다.

"기다려. 나는 제대로 된 인간이다."

그는 재빨리 가면을 벗었다.

그곳에서 나타난 얼굴은 짐승 따위가 아니라 인간의 것이었다. 게다가 아직 젊었다. 서른 살 안쪽 정도일까. 어스름한 방 안이라고 해도 이 정도로 가까이 있으면 뚜렷하게 알 수 있었다.

빛나는 금갈색 머리카락은 어깨까지 닿았고, 감색 눈동자는 날카로운 빛을 뿜었다. 콧날은 오뚝했고, 입가는 완고

하게 꾹 다물려 있었다. 놀랄 정도로 아름다운 얼굴이었지만, 단지 단 한군데 끔찍한 부분이 있었다.

그곳은 왼쪽 뺨에 난 딱한 상처자국이었다. 광대뼈 언저리에서 가로로 한줄기 그어진 상처자국은 날붙이에 베인 상처일까. 라일라가 얼이 빠져서 그의 얼굴을 바라보고 있노라니, 그가 피식 입술을 일그러뜨리며 웃었다.

"짐승 가면을 쓰는 쪽이 낫나?"

그럴 리는 없었다. 짐승의 가면보다 인간의 얼굴을 드러낸 쪽이 훨씬 나았다.

라일라는 황급히 고개를 좌우로 내저었다.

그는 일어섰고 라일라도 함께 일어섰다. 청소를 할 때가 아니라면 바닥에 넙죽 엎드리는 취미는 없었다.

"그런가? 그렇지만 누구든지 이 상처자국을 보면 눈을 돌리지. 그래서 나는 스스로 가면을 뒤집어쓰고 남들 눈에 닿지 않게끔 지내고 있어."

눈을 돌리고 싶어지는 이유는 분명 그의 얼굴 중에 그 상처만이 이질적이기 때문일 것이다. 그 자국만 없으면 완벽한 생김새인데 하는 마음에.

"저, 저는…… 가면보다, 인간의 얼굴 쪽이 좋습니다!"

저도 모르게 진심이 새어 나오고 말아, 라일라는 얼굴을 붉혔다. 그의 눈썹이 올라가더니, 라일라를 찬찬히 쳐다보았다.

"너는 별나구나."

"그런가요. 짐승의 가면 같은 걸 써도 이곳에서 일하는 사람들은 저처럼 무서워하지 않나요?"

그는 어깨를 으쓱했다.

"나는 낮 동안에는 좀처럼 남들 앞에 나서지 않아. 그 말인 즉, 하인들이 이 가면을 눈에 담을 기회도 거의 없지."

"그렇다면 어째서…… 저를 만나시겠다고 하신 거죠……?"

"이 저택에 발을 들인 자는 반드시 내 눈으로 보아두기로 하고 있어. 나는 아무도 믿지 않으니까."

그의 눈이 무정한 빛을 뿜었다.

그는…… 역시 짐승인 것이었다. 가면을 쓰고 있는 사이에 마음까지 짐승이 되어버린 것이 틀림없었다. 인간을 믿지 못한 채 가면 안에서, 그리고 어둠 속에서 언제나 이쪽을 살피고 있는 것이리라.

"그, 그렇지만, 저, 안심했습니다."

"안심했다고? 어째서지?"

그는 초조한 표정을 지었다.

"잡아먹힐 일은 없다는 사실을 알았으니까요."

그는 어안이 벙벙한 표정을 짓더니, 그런 다음 큰 소리로 웃음을 터뜨렸다.

"너는 이상한 아이야. 나에게 잡아먹힐 거라 생각했나?"

"마을에서 '짐승 영주님'은 사람을 잡아먹는다고…….
그래서 저는 제물이 된 듯한 기분으로 여기에 왔습니다."

그가 큰 소리로 웃자 기분이 상한 라일라는 마을에서 돌고 있는 소문을 밝혔다. 그 말을 듣자 그는 큰 소리로 웃는 것은 멈추고, 이번에는 비아냥거리는 웃음을 입가에 떠올렸다.

"과연. 짐승 영주인가……. 확실히 그런 소문이 떠돌아도 이상하지 않겠지. 그래서 너는 잡아먹힐 각오가 되어 있었나?"

그가 히쭉히쭉 웃자 라일라는 울컥했다.

"각오 따위 없습니다. 저택에 고용살이를 하러 가라는 말을 들어도, 그런 소문이 있는데 아무도 가고 싶어 할 리가 없잖아요? 저는 목사의 딸이라서……."

"목사의 딸이라서 불리한 일을 떠맡은 거로군."

그는 라일라의 턱에 손을 대고 자신 쪽으로 얼굴을 향하게 했다. 그의 눈동자는 아름다웠지만 눈빛은 늑대처럼 날카로웠다.

"훌륭한 자세로군. 목사의 마음 착한 딸인가."

"그렇지만…… 정말로 잡아먹히지 않게 되어서 다행이라고……."

"안심하기에는 아직 일러. 본래의 의미대로 잡아먹을 생각은 없지만……. 청순하고 아름다운 처녀를 먹지 않는다고 잘라 말할 수는 없어."

라일라는 그가 하는 말의 의미를 잘 알 수 없었다. 잡아 먹는 일은 없지만 먹을지도 모른다고 협박하다니. 어차피 그는 인간인 것이었다. 다른 인간을 먹지는 않으리라.

"영주님께서는 저를 협박하려고 하시는 겁니까?"

"협박이라고? 너같이 건방진 아이는 입을 조심하는 편이 좋겠군."

깜짝 놀랐다고 생각했을 때에 그의 얼굴이 가까이 다가와 라일라의 입술을 막았다.

그것만으로도 놀라운데, 그는 억지로 혀를 밀어 넣었다.

거짓말……. 믿을 수 없어! 나, 영주님께 키스당했어!

라일라는 키스한 적이 없었기에, 이것이 태어나서 처음 하는 경험이었다.

지금까지 목사의 딸로서 깨끗하고 바르게 살아왔다. 좋아하는 사람은 없었다. 결혼할 상대도 없기에 키스 따위를 한 적이 있을 리 없는 것이다. 그러나 그는 마치 라일라가 자신의 것이라도 되는 양 키스를 해왔다.

이건…… 벌인가?

라일라는 너무 놀란 나머지 몸이 딱딱하게 굳었다. 맨 처음은 억지로 혀를 미끄러뜨려 넣어왔던 그였지만, 정신이 들자 혀의 움직임이 부드럽게 바뀌어서…….

지금까지 느껴본 적 없는 기분이었다. 잘 모르겠지만 머릿속이 둥실둥실 떠올라서 들뜬 기분이 들었다. 몸에서도 힘이 빠졌고, 이런 상황은 정말로 처음이었다.

처음 만난 남자에게 키스 당하는 상황인데…….

그에게 떠밀린 라일라는 그제야 퍼뜩 정신이 들었다. 그의 입술에는 업신여기는 듯한 웃음이 들러붙어 있었다.

"키스하면 얌전해지는구나. 제법 나쁘지 않아."

무엇이 나쁘지 않다고 말하는지는 알 수 없었지만, 어쩐지 모욕당한 기분이 들었다. 그러나 영주인 그에게 무슨 불만을 말할 수 있으랴. 키스를 당하든지 무엇을 당하든지, 저항하는 일은 용납되지 않는다고 정해져 있었다.

"저, 저…….."

"이제 됐어. 가라. 네가 할 일은 가정부가 지시하겠지."

그는 라일라에게 냉철한 시선을 보내더니 다시 짐승의 가면을 썼다. 그 가면 아래에 상처자국을 감출 셈인 것일까. 그렇지 않으면 자신의 본성이 짐승에 가깝기에 쓰고 있는 것일까.

어느 쪽이라 해도 라일라와는 관계없었다.

자신은 그저 분부받은 일을 할 뿐이다. 마을 아가씨들이 아무도 하고 싶어 하지 않았던 일을.

라일라는 그를 향해서 다시 인사를 한 뒤 서재 밖으로 나섰다. 무거운 문을 닫았을 때, 저도 모르게 한숨이 흘러나왔다.

잡아먹힐 일은 없다 한들 그는 역시 위험한 인물이었다.

될 수 있으면 두 번 다시 만나고 싶지 않았다. 그는 거의 낮 동안은 활동하지 않는 모양이니까 어쩌면 앞으로 줄곧 만나지 않아도 될지도 모른다.

라일라는 그렇게 되기를 기도하고 싶었다.

제1장
짐승에게 더럽혀진 밤

라일라는 좁은 다락 뒷방에서 생활하게 되었다.

그러나 다른 하녀와 같이 쓰는 방이 아니라는 점은 좋을지도 몰랐다. 누군가와 함께 있으면 잘 수 없는 섬세한 감각을 갖추고 있지는 않았지만, 같은 방을 쓰면 역시 신경이 쓰이기 때문이었다. 젊은 신입이라면 더욱 그렇다.

라일라의 일은 주로 잔심부름이었다. 그녀의 역할은 허드렛일을 하는 하녀였다. 다양한 용건을 지시받고서 아침부터 밤까지 이리저리 뛰어다니는 일이었지만, 그 일은 지금까지의 라일라의 삶에 비해서 지독하다고는 할 수 없다. 비교한다면 매한가지이리라.

라일라가 살던 목사관은 저택의 동쪽에 펼쳐진 작은 촌락 모카렌에 있었다.

그 주변 일대는 온난한 지역이었는데 작물도 잘 열리고 적당히 비도 내렸다. 마을 주민들 입장에서는 살기 좋은 마을이기도 했다.

라일라는 이 모카렌에서 태어나 그곳에서 자랐다. 아버지는 목사였고 언니가 두 사람 있었다. 어머니는 라일라가 열두 살 무렵에 세상을 떠났고, 그 이후로 목사관의 살림은 라일라가 짊어지게 되었다.

큰언니인 에일라와는 세 살 터울이었고, 작은언니인 마일라와는 두 살 터울이었다. 금발과 녹색 눈동자를 지닌 두 사람은 매우 아름다웠는데, 두 사람 모두 어머니를 닮아서 마을에서도 평판 좋은 미인 자매였다. 그러나 라일라만은 아버지를 닮았기 때문에 아름답다는 말 따위를 들어본 적은 없었다.

두 언니는 자신의 미모를 무엇보다 소중히 여겼다. 그래서 라일라에게 집안일을 떠맡긴 것이었다.

그렇다고는 해도 라일라는 집안일 하는 것을 좋아했다. 식사 준비를 하거나, 세탁, 청소, 그 외에도 다양한 잡일이 있었지만 자신이 누군가에게 도움이 된다는 사실이 기뻤고, 목사관을 관리하고 있다는 자부심도 있었다.

게다가 언니들은 목사의 딸로서 마을의 유복한 가정을

방문해서 기부를 약속받거나 마을의 행사에 참가하는 업무가 있었다. 언니들은 항상 그런 업무들이 큰일이라고 푸념을 흘리곤 했다. 그에 비하면 자신이 하는 일 따위는 집 안에서 할 수 있는 일뿐이었고 그다지 힘든 일도 아니었다.

목사의 업무에 힘을 쏟아붓는 아버지도 두 언니에 대해서 자랑스럽게 생각하셨다. 라일라도 가족의 삶을 쾌적하게 해야겠다고 분발했지만, 그 노력은 그다지 평가받지 못했다. 집안일을 하는 것은 당연한 일이라는 생각 때문이리라.

그렇지 않으면 자신의 노력이 부족하기 때문일까. 라일라는 언제나 자문자답하면서도, 되도록 마을의 가난한 사람들을 방문하며 그들에게 도움이 되도록 노력해 왔다.

라일라는 마을 사람들을 무척 좋아했다. 다들 따뜻하고, 다정하고, 매우 싹싹한 사람들이라고 생각했다. 때로는 언니들과 용모를 비교당해서 풀이 죽는 일도 있었지만, 그래도 대체로 즐거운 나날이었다고 말할 수 있으리라.

그런데 어느 날, 라일라의 생활을 확 뒤집어놓은 일이 벌어졌다.

그것은 영주님이 보낸 통보로, 마을에서 젊은 아가씨 한 사람을 고용살이로 보내라는 명령이었다.

선대 영주는 마을 사람들과 교류가 있어, 수확제 때에는 마을에 술을 한턱냈고 무언가 곤란한 일이 있으면 제대로 대처해 주었기에 다들 잘 따랐다. 그러나 선대 영주는 현재 영주가 무언가 죄를 덮어씌운 바람에 처형당했다고 했다. 물론 그 가족도 영주관에서 쫓겨났다.

그것만으로도 무서운 일인데, 선대 영주는 현재 영주의 숙부였다. 친척에게도 그토록 냉혹하게 처사한다면, 마을 사람에게는 얼마나 엄격한 태도를 취할까. 다행히 새로운 영주는 마을 사람과 교류 같은 건 하지 않았다. 그리고 그 이후로 마을에는 소문이 돌았던 것이다.

영주는 짐승의 얼굴을 하고 있다고. 그리고 때때로 젊은 아가씨를 저택으로 데려가서는 그 살점을 먹는다고.

실제로 짐승 영주는 밤마다 말을 타고 마을을 어슬렁거린다는 이야기였다. 밤중에 말발굽 소리가 들려오면 그가 사냥감을 물색하고 있는 것이라고 했다. 아직까지 마을의 처녀가 잡아먹히는 일은 없었지만, 언제 일어나도 이상하지 않다고 사람들은 말하곤 했다.

그 상황에 젊은 아가씨를 고용살이로 보내라는 통보가 오자 마을 사람은 혼란에 빠졌다. 누구에게나 짐승 영주는 무서웠다. 자신의 딸을 잡아먹히게 하고 싶지는 않았다. 마을 아가씨 본인들도 겁먹었다. 그러나 통보를 무시하는 것도 두려웠다.

그 상황에 마을 사람들은 생각했다. 목사의 딸이 세 사람이나 있지 않나 하고. 성직자의 딸이니 모두를 위해 희생해야 마땅하다고 생각했던 것이었다.

그리고 당연히 그 화살은 미인 자매로 이름 높은 언니들이 아니라 막내딸인 라일라에게 돌아온 것이었다. 아버지인 펠튼 목사마저 그러는 것이 좋겠다고 생각했다. 결국, 아무리 분발해 집안일을 해보았자 자신은 별로 도움이 되지 않았던 것이리라.

마을 사람 전원이, 그리고 아버지와 언니들이 그녀가 짐승의 제물이 되기를 바랐다.

라일라는 희생을 기꺼워할 정도로 고결한 마음을 가진 것은 아니었기에, 자신만이 희생양이 되는 일을 강요당하자 달갑지 않았다. 그러나 누군가가 가야만 하는 일이었다. 그렇다면 쓸모없는 자신이 가는 것이 도리에 맞지 않을까.

차라리 마을에서 도망칠까 하고도 생각했지만 현실적인 방안은 아니었다. 라일라는 이 마을에서 나고 자라났기 때문에 다른 곳은 몰랐다. 여자 홀몸으로 도망쳐 보았자 길에서 쓰러져 숨이 끊어질 뿐이리라.

그런 이유로 라일라는 겁먹은 채 영주관으로 찾아온 것이었다.

영주는 짐승의 가면을 쓴데다 제법 별난 사람인 모양이었지만, 어쨌거나 잡아먹힐 염려만큼은 없을 듯했다. 고용인으로서 성실하게 일하면 마을에 돌아갈 수도 있으리라. 그렇게 생각하고 열심히 명받은 일을 하는 사이에, 라일라는 하인 동료들에게서 제법 귀여움을 받게 되었다.

라일라는 주방 뒤편에 있는 우물에서 물을 길어 물통에 넣었다. 후우 하고 숨을 내뱉고서 먼 곳을 바라보았다. 서쪽 하늘이 붉게 물들었으니 이제 금세 날이 저물 것이다. 지금쯤 짐승 영주는 무엇을 하고 있을까.

가족이 없는 영주는 밤낮이 뒤바뀌었다고까지는 할 수 없었지만, 어두워지고 나서부터 활동하는 일이 많았다. 가능한 한 밤의 어둠에 숨어들고 싶은 것이리라. 그의 뺨에 난 상처는 끔찍하기는 했지만 남들의 눈을 피해야만 할 정도는 아니었는데. 어째서 가면을 써야만 하는 것일까.

라일라는 전혀 이해할 수 없었다. 그는 어지간히 사람을 싫어하는 것인지도 몰랐다. 어쨌거나 자신의 숙부 일가에게 지독한 꼴을 당하게 만들었을 정도였다. 친척에게조차 그랬으니 완벽한 타인 따위를 믿지 못하는 것은 당연한지도 몰랐다.

라일라는 마음을 가다듬고 물통을 들어 올리리기 위해 움직였다. 언제까지고 꾸물거리고 있어서는 안 되었다. 저녁 식사 준비나 뒷정리를 하려면 새 물이 필요했다. 지금 나르지 않으면 좀 더 어두워지고 나서 이 작업을 해야만 한다.

"라일라, 힘들지? 도와줄게."

뒤에서 말을 걸어온 사람은 하인 동료인 쥬크였다. 그는 라일라보다 상당히 연상인 모양인데 아직 독신이었다. 이렇게 라일라에게 곧잘 말을 걸어와 도와주곤 했다.

"네. 그렇지만 정말로 괜찮을까요?"

"당연히 괜찮지. 지금은 명받은 일이 없으니까 말이야."

커다란 몸집을 한 그는 다부진 팔로 물통을 휙 들어 올렸다. 라일라의 팔 힘으로는 이렇게 간단하게 할 수 없는 일이었다.

"주방에 있는 통에 붓는 거지? 이렇게 힘쓰는 일을 너에게 시키다니, 셀렌 씨도 너무하는구나."

셀렌이란 가정부의 이름이었다. 집사인 커슨과는 부부 사이였는데, 그들이 이 저택을 책임지고 관리했다.

"내가 괜찮다고 했어요. 집에서도 물 긷는 일은 늘 했으니까요."

"정말로? 남자 일손이 없었니?"

"아버지가 있긴 했지만······."

"아아, 펠튼 목사였던가. 우리들은 마을 사람과는 그다지 접촉하지 말라는 말을 들어서 교회에는 가지 않지만 목사에 대해서는 들었어. 마을 사람을 돌보는 훌륭한 인격자라고 말이야."

라일라는 아버지가 칭찬받자 기뻤다. 그러나 어째서 이 저택에서 일하는 사람들은 마을 사람과 접촉을 금지당한 것일까. 그런 일 때문에 짐승 영주님이라는 험담을 듣게 되는 것인데.

"그렇지만 그런 훌륭한 목사가 딸에게 이렇게 힘쓰는 일을 시키다니……."

"정말로 괜찮아요. 저는 튼튼한걸요."

라일라는 아버지의 험담을 듣고 싶지 않아서 황급히 말을 가로막았다. 언니가 두 사람 있다는 말을 들으면 쥬크는 언니들의 험담까지 내놓을지도 몰랐다.

"어쨌거나 나는 물 긷기는 남자가 할 일이라고 생각해. 그렇지 않아도 너는 아침부터 밤까지 저택 안을 뛰어다니며 일을 하고 있잖아."

"제가 좋아서 하는 일이에요. 이곳에 오기 전까지는 이런 일로 급료를 받을 수 있다고는 생각도 못했는걸요."

어쨌거나 잡아먹힐 거란 각오로 이곳에 왔을 정도였다. 그렇다고 해도 일을 하면 돈을 받을 수 있는 줄은 몰랐다. 지금까지는 집 안에서 아무리 일해도 당연하다는 식으로 볼 뿐이었기에, 돈이라는 가치 있는 재화로 평가받는 일이 기뻤다.

급료를 저축하면 언니들에게 예쁜 옷감을 사줄 수 있다. 그러면 언니들로부터 칭찬을 받을 지도 모른다.

"뭐, 분명히 우리들은 급료를 받으려고 일하고 있지만……. 너는 정말로 성실하구나. 다들 너에 대해서 감탄하고 있어."

쥬크는 물통을 주방 쪽으로 날랐다. 라일라는 우물에서 또 물을 길어 올렸다. 확실히 힘쓰는 일은 매우 고생스러웠지만, 이런 일은 아무렇지도 않았다. 잡아먹히는 것에 비하면.

게다가 지금은 초여름이었다. 추운 겨울이라면 괴로웠겠지만, 이렇게 기후가 좋을 때에 게으름을 피울 수는 없었다.

"라일라, 수고했다. 이제 됐어."

셀렌이 밖으로 나와서 라일라에게 고했다. 뒤쪽에서 빈 물통을 든 쥬크가 다가왔다.

맨 처음에 만났을 때 셀렌은 엄격하고 매정한 사람인가 하고 생각했지만, 지금은 그렇게 생각하지 않았다. 그녀는 저택을 꾸려 나가는 데에 철저할 뿐이었다. 지금은 마음속이 따뜻한 사람이라는 사실을 알았다.

"쥬크가 물 긷기는 여자에게 시키지 말라고 말했어. 여자라도 그 정도의 일은 할 수 있지만, 확실히 너에게는 여러 가지 허드렛일을 시키고 있으니 쉴 틈도 없겠지. 미안하구나, 신경 쓰지 못해서."

"아니에요, 셀렌 씨. 급료를 받고 있으니까 제대로 일하겠습니다!"

셀렌은 만족스럽게 끄덕이면서 얼굴에 웃음을 띠웠다.

"너같이 성실한 아이는 소중하게 여겨야지. 너무 일해서 몸이 상하면 좋지 않아. 뒷일은 쥬크가 해줄 테니 저녁 식사 때까지 조금 쉬도록 하렴."

아직 힘낼 수 있다고 말하고 싶었지만 모처럼 그렇게 해준 말이었다. 호의를 헛되게 하고 싶지는 않았다. 쥬크도 괜찮다고 말하는 듯, 라일라에게 윙크를 해주었다.

"고맙습니다. 그럼 말씀하신 대로 조금만 쉬도록 하겠습니다."

셀렌과 쥬크에게 감사 인사를 하고 나서 라일라는 저택의 정원으로 향했다. 자질구레한 일을 하는 사용인이라서 그다지 정원에 있을 일은 없었지만, 정원 한쪽 구석에 있는 벤치는 라일라가 마음에 들어 하는 장소였다.

라일라는 벤치에 앉아 한숨을 푹 쉬었다. 이렇게 바람을 맞으며 꽃향기를 맡는 것을 라일라는 매우 좋아한다. 벤치 주변에는 많은 꽃들이 피어 있어서, 라일라를 편안하게 만들어주었다.

그렇다고는 해도 이미 해가 저물고 있으니, 이것은 잠시 동안의 숨 돌리기였다. 금세 꽃도 보이지 않게 될 터였다. 향기는 여전히 나겠지만 역시 정원은 밝았을 때 즐겨야 마땅하리라. 이 저택의 영주는 그렇게 생각하지 않을지도 모르지만.

라일라는 문득 누군가의 시선을 느꼈다.

주변을 둘러보았지만 아무도 없었다. 저택 쪽으로 눈길

을 주자 이 층에 있는 한 방의 커튼이 움직인다는 사실을 깨달았다.

주변이 제법 어스름해졌기 때문에 눈에 힘을 주고 쳐다보았다. 그러자 그곳에서 금갈색 머리카락이 얼핏 보였다.

영주님이야……!

그 방은 분명히 영주의 개인실이었다. 그가 자신을 보고 있다고 생각하니 온몸이 갑작스럽게 뜨거워졌다. 맨 처음 만났을 때에 억지로 키스당한 일을 떠올렸기 때문이다.

아니, 그 키스에는 아무런 의미도 담겨 있지 않았을 터였다. 그러니 커튼이 흔들리고 그의 머리가 보였다고 해서, 그가 자신을 보았다고는 단정 지을 수 없을 터였다.

라일라는 그렇게 생각하면서도 확실히 자신을 향한 시선을 느끼고 있었다.

이미 어스름해져서 그가 어떤 표정으로 이쪽을 보는지 알 수 없었다. 그러나 그는 밤중에 행동하는 일이 많아서 보통 사람보다 밤눈이 밝은 모양이었다. 그러니 그에게는 자신의 모습이 뚜렷하게 보일지도 몰랐다.

라일라는 그를 한 번 노려보았다. 그러자 커튼이 쳐졌다.

그의 머리는 더 이상 보이지 않았다. 라일라는 묘하게 쓸쓸함을 느꼈다. 그가 좀 더 바라보아 주었으면 했던 것일까. 라일라는 자신의 마음을 알 수 없었다.

맨 처음 만났던 날 이후, 그와는 전혀 얼굴을 마주하지 않았다. 그러나 만났다고 해도 무슨 일이 일어날 리는 없는 것이었다. 그는 영주였고 자신은 고용인이었다. 그것도 허드렛일 하는 하녀라서 그에게는 아무런 의미도 없는 존재이리라.

신분 차이 같은 것을 의식할 때가 오리라고는 상상도 못 했다. 이 저택에 올 때까지 라일라는 그런 것은 생각조차 해본 적이 없었는데.

마을에서 지내고 있을 때, 세상사는 훨씬 단순했다. 자신은 집안일을 하며 마을의 소소한 즐거움을 맛보고, 그것으로 모든 일이 잘 돌아갔다.

나는 영주님의 이름도 모르는데…….

라일라는 그의 싸늘하고 아름다운 얼굴이나, 그 용모를 엉망으로 만든 상처자국에 대한 것을 머릿속에서 쫓아내려고 했다.

첫 키스를 한 상대라고 해도 아무런 관계도 아니잖아.

그렇게 생각하면서도 라일라의 가슴은 스스로도 무언가 이해하기 어려운 감정으로 술렁거리고 있었다.

*　　　*　　　*

영주인 루퍼스 포랜드는 커튼 그늘에서 다시 정원을 바라보았다.

라일라라고 하는 소녀는 무척이나 부지런한 일꾼이라고 했다. 이른 아침부터 늦은 저녁까지 쉬지 않고 일해도 불평한 마디 하지 않는 모양이었다. 젊은 아가씨에게는 엄격한 셀렌이 그렇게 말했으니 틀림없으리라.

그렇다고 해도 루퍼스가 그녀에게 흥미를 품는 이유는 라일라가 바지런하기 때문은 아니었다. 그녀가 이 음습한 저택에 와서도 잃지 않았던 명랑함 때문이었다.

라일라는 마음씨가 고왔다. 그리고 언제나 잘 웃었다. 무엇이 그렇게 즐거운가 하고 생각했을 정도였다. 지금도 혼자서 벤치에 앉아서 기분 좋게 미소를 짓고 있었다. 대체 그녀는 무엇이 재미있어서 혼자 있는 정원에서 미소를 지을 수 있는 것일까.

루퍼스는 짜증스러운 기분으로 라일라를 노려보았다. 지금 그녀가 노려본 것에 대한 앙갚음 비슷한 행동이었다. 그러나 어두워진 탓인지 라일라는 벤치에서 일어서서 저택 뒷문 쪽으로 향했다.

루퍼스는 복잡한 심경이었다. 라일라가 오고 나서 저택의 분위기가 바뀐 듯한 기분이 들었다. 아니, 그저 기분 탓이 아니었다. 적어도 하인인 쥬크는 확실히 들떠 있었다. 라일라와 필요 이상으로 너무 가까워진 것이었다.

라일라가 찾아왔던 그날, 키스 따위를 하지 않았으면 좋았을 것이다. 자신은 무엇 때문에 이성을 잃었을까. 그러나 그때, 충동을 억누를 수 없었던 것이다.

라일라는 자신의 맨 얼굴을 보고서도 혐오감에 얼굴을 찌푸리지 않았다…….

찌푸리기는커녕 무엇을 착각했는지 황홀하게 쳐다보았던 것이었다. 정말로 이상한 여자였다. 그러나 이상한 여자이기에 자신의 흥미를 끌었는지도 몰랐다.

루퍼스는 자신의 왼뺨을 만졌다. 이 추악한 상처자국은 평생 지워지지 않는다. 이 상처가 생겼을 당시엔 이런 상태가 아니었다. 부어올라서 고름이 찼고, 그 때문에 목숨까지 잃을 뻔했다. 다행히 잘 듣는 약초를 손에 넣어 건강해질 수 있었다. 상처자국도 예전 정도는 아니었다.

그러나 루퍼스는 그때 겪었던 굴욕을 잊을 수 없었다. 사람은 믿을 수 없는 존재였다. 가까운 이조차도……. 아니, 가까운 이이기 때문에야말로 믿어서는 안 된다. 사람은 겉으로 드러나는 얼굴과 속으로 감추어둔 얼굴을 가지고 있다.

잘 웃는 저 라일라조차 속으로 감추어둔 얼굴이 있을 것이 틀림없다.

루퍼스는 책상 위에 놓아두었던 짐승 가면을 손에 들고서 얼굴에 썼다.

겉으로 드러나는 얼굴은 이것이다. 짐승으로 있는 한 남들은 나를 두려워한다. 더 이상 누구에게도 배신당하지는 않는다. 짐승의 모습은 그 결의를 나타내는 것이었다.

방 안은 어스름한 상태가 아니라 완전히 어둠으로 변해 있었다. 평범한 인간이라면 이 암흑에는 견딜 수 없으리라. 그러나 루퍼스에게는 편안한 환경이었다. 어둠은 자신의 몸을 숨겨준다. 얼굴도, 상처자국도, 그리고 어리석었던 과거조차도 덮어서 감추어주는 것이었다.

루퍼스는 양초에 불을 붙였다. 그리고 하인을 부르는 끈을 잡아당겼다.

얼마 지나지 않아 자신에게 헌신적으로 충성을 다하는 하인이 나타났다. 그의 이름은 노스. 추하고 우락부락한 남자였지만, 그 추함 때문에 루퍼스는 그를 신용했다.

물론 자신은 그런 그조차도 배신할 가능성은 있다는 사실 정도는 제대로 이해하고 있었다. 아무도 믿어서는 안 된다. 그것은 루퍼스가 살아가기 위한 규칙 같은 것이었다.

"부르셨습니까, 영주님."

"아아. 저녁 식사 후에 침실로 라일라를 보내라. 목욕시켜서 예쁘게 꾸며주도록 해."

"라일라를…… 불러들이시는 겁니까?"

노스의 목소리에서 미약한 비난을 잡아냈다. 그 또한 라일라의 매력에 빠진 한 사람인 것이리라.

"너는 라일라를 좋아하나?"

"……아니요, 그렇지는 않습니다."

그렇게 답하리라고 생각했다. 노스는 자신에게 충실한 사내였다. 설령 라일라에게 매료되었다고 해도 그런 말을 입에 담을 리가 없었다. 물론, 그 본심은 믿을 수 없다고 생각했지만.

"그렇다면 상관없잖나? 그녀는…… 아름다워."

루퍼스는 가면 아래에서 차가운 웃음을 띠웠다.

그렇지만 그녀의 매력은 아름다움만이 아니었다. 아름다운 것뿐이라면 훨씬 뛰어난 미모를 지닌 사람이 있으리라. 루퍼스는 영주로서 이곳을 방문하기 전까지 많은 토지를 떠돌고 있었다. 그리고 그동안 라일라보다 아름다운 여성을 몇 사람이나 안은 적이 있었다.

라일라는 자신의 아름다움을 과시하지 않았다. 과시하지 않는다기보다 자신이 아름답다고는 생각지 않는 것인지도 모른다. 그녀는 자신의 몸을 꾸미는 일조차 모르는 것처럼 보였다. 그러나 그 점이 신선해서 호감이 갔다. 공작새처럼 자만에 빠진 아가씨 따위, 루퍼스는 상대할 마음도 들지 않았다.

게다가 라일라는 매우 명랑하고 성실했다. 아무리 많은 일감을 떠맡아도 싫어하는 기색도 보이지 않고서 제대로 해냈다. 그러나 그 정도로 아름다운 마음씨를 가진 사람이 정말로 존재할까.

그럴 리가 없다고 루퍼스는 생각했다.

밝게 웃는 라일라를 보고 있으면 무슨 수를 쓰더라도 더럽히고 싶어졌다. 그녀가 아름다우면 아름다울수록, 밝게 웃으면 웃을수록, 자신의 안에 있는 어둡고도 추한 세계로 끌어들이고 싶어졌다.

일그러진 욕망이라는 사실은 알았다. 라일라에게는 악의 따위는 없었다. 그러나 라일라가 이 저택으로 찾아온 이후부터 루퍼스는 조바심이 났다.

한 번이면 되었다. 라일라를 더럽히면 그것으로 만족할 터였다. 그리고 일 개월 정도 그녀의 몸을 즐긴 후에 열 배의 급료를 지불하고 마을로 돌려보내 버리면 그만이다.

"그렇지만 지금까지 영주님은 저택에 있는 여자에게는 흥미를 품지 않으셨지 않습니까? 항상 다른 영지까지 나가셨는데……."

루퍼스는 여자를 안고 싶어지면 항상 멀리 떨어진 마을로 나갔다. 마땅한 장소에는 마땅한 여자가 있는 법이었다. 자신은 지금까지 창부로 만족을 얻었지만, 라일라를 보고 나서는 그녀여야만 한다고 생각하게 되었다.

그 이유는 스스로도 몰랐다. 그러나 라일라의 순박한 마을 아가씨 같은 모습이 부아가 치미는 것이었다. 그녀의 본성을 폭로하고 싶은 것인지도 몰랐다. 저택의 하인 무리가 생각하는 것 같은 순진한 아가씨는 아니라고.

"고결한 영주는 하녀에게 손을 대지 않는다고 말하고 싶은가? 노스, 네 착각을 정정해 주지. 나는 고결하지는 않아. 그 아이를 원해. 잡아 찢어서 울리고 싶어."

노스는 희미하게 얼굴을 찌푸렸다. 지금까지 짐승의 가면에도 동요하지 않았던 이 하인도, 루퍼스의 본성을 알고서 혐오감을 느낀 것일지도 몰랐다. 그러나 그가 그런 감정을 표면에 드러낸 것은 그 한순간뿐이었다.

노스는 더 이상 반박하는 일 없이 고개를 조아렸다.

"영주님께서 바라시는 대로 하겠습니다."

"그러도록 해. 셀렌에게도 그렇게 전해라."

노스는 방에서 떠나갔다. 그는 셀렌에게 무어라 말할까. 그리고 셀렌은 라일라에게 무어라 전할까.

루퍼스는 샘솟는 감정을 억누를 수 없었다. 라일라는 이제 곧 자신의 것이 된다.

어리석게도 루퍼스에게 잡아먹히지 않을 것이라 안도했던 아가씨……

잡아먹히는 것보다 비참한 일이 있다는 사실을 가르쳐 주겠다. 신분 차이는 권력 차이이기도 했다. 라일라는 자신에게 결코 저항할 수 없다.

루퍼스의 가슴에 언뜻 죄악감 같은 감정이 스쳤다.

아니, 나는 죄악감 따위를 느끼지 않는다. 어째서냐 하면 나는 짐승 영주이기 때문에. 마을 사람이 생각하는 대로, 나는 무자비하고 냉혹한 짐승이니까.

　　　　　*　　　　*　　　　*

　라일라는 저녁 식사를 마친 후 셀렌에게 불려갔다. 셀렌은 저택 안에 개인적인 전용 거실을 가지고 있었다. 그곳으로 찾아간 라일라는 그에 더해 셀렌의 침실로까지 안내받자 놀랐다. 침실의 칸막이 뒤에는 금속 욕조가 준비되어 있었는데 뜨거운 물이 받아져 있었다.

　셀렌이 목욕하는 것은 상관없었지만, 어째서 이런 때에 자신이 불려온 것일까. 놀라고 있노라니 셀렌은 표정을 지운 듯한 얼굴로 엄격하게 말을 건넸다.

　"너는 지금부터 몸을 깨끗이 하도록 해."

　"어…… 제가, 말인가요?"

　라일라는 놀랐다. 하인들은 세탁실에 욕조를 옮겨놓고 순서대로 목욕하는 것으로 허용되어 있었다. 그러나 뜨거운 물을 쓰는 일은 그다지 없었고, 차가운 물로 재빠르게 몸을 청결히 하는 정도였다. 이런 식으로 가정부의 방에서 느긋하게 뜨거운 물에 담그는 일은 상상도 못했다.

　"그렇지만 어째서 제가……."

　"불평하지 마. 어서 입욕을 마치렴. 완전히 깨끗해질 때까지 닦는 거야."

　셀렌은 입욕에 필요한 물품을 가져와서 라일라에게 건넸

다. 라일라는 곤혹스러웠지만 오랜만에 뜨거운 물에 몸을 담굴 수 있기도 하니 이런 기회를 놓쳐서는 안 된다고 생각했다.

쥬크가 물 긷기를 대신해준 것처럼 셀렌도 자신에게 친절하게 대해주는 것뿐이다. 어째서 친절하게 대해주는 것인지는 몰랐지만, 모처럼의 호의를 저버리고 싶지는 않았다.

"예. 말씀하시는 대로 하겠습니다."

셀렌은 고개를 끄덕이고는 침실에서 나갔다. 셀렌의 침실에서 옷을 벗으려니 어쩐지 주눅 들었지만, 뜨거운 물이 식어버리면 아깝다. 라일라는 실오라기 하나 걸치지 않은 몸이 되어서 욕조에 들어갔다. 그리고 비누를 이용해 몸과 머리카락을 닦았다.

비누에서는 좋은 향기가 났다. 이것은 하인이 쓰는 비누와는 다른 모양이었다. 라일라는 마치 자신이 귀부인이라도 된 듯한 기분이 들었다.

완전히 깨끗해졌을 무렵에는 뜨거운 물이 다 식어 있었다. 라일라가 물기를 닦아내고 옷을 몸에 걸치려고 하고 있노라니 셀렌이 방으로 들어왔다.

"시간이 없어서 네 방에서 드레스를 가져왔어. 이 옷을 입으렴."

그녀가 건네준 옷은 일요일에 교회에 입고 가는 가장 질 좋은 드레스였다.

"어째서 이 드레스를……?"

그리고 시간이 없다는 말은 무슨 의미일까. 이미 밤인데 자신은 지금부터 어딘가로 가게 되는 것일까?

"영주님께 인사를 드리는 거야."

"어, 그렇지만……."

인사라면 이 저택에 발을 들였던 첫날에 했을 터였다. 그것으로는 부족했다는 뜻일까.

"됐으니까. 내 말대로 해."

어쩐지 이상했다. 셸렌은 라일라의 눈을 보려고 하지 않았다.

그러나 이 저택에서 영주의 말은 모든 것에 우선한다. 셸렌은 어쨌든지 간에 라일라를 영주와 만나게 해야만 하는 것이리라.

"알겠습니다."

라일라는 옷을 받아들고 그것을 몸에 걸쳤다.

"머리를 예쁘게 빗겨줄게."

셸렌은 라일라를 거실에 있는 의자에 앉히더니, 뒤에서 머리카락을 빗으로 빗기기 시작했다. 마치 셸렌이 라일라의 시녀인 것만 같아서 이상한 기분이 들었다. 그러나 이것도 셸렌에게 있어 의미가 있는 일일 것이었다. 그렇지 않으면 아랫사람인 라일라의 머리카락을 빗길 리가 없다.

이윽고 라일라의 머리카락은 예쁘게 쭉 펴진 생머리가 되었다. 라일라의 머리카락은 건조하면 끝부분이 컬이 지지만, 습하면 생머리가 되는 것이었다.

"이 정도면 되겠지. 자, 빨리 영주님의 방으로 가는 거야. 기다리고 계실 테니까."

"방이라니…… 이 층에요?"

영주와 처음 만난 곳은 일 층의 서재였다. 이 층은 그의 개인실이었다. 대체 그런 곳에서 그는 자신에게 무슨 용건이 있는 것일까. 셀렌에게 묻고 싶었지만 그녀는 입을 굳게 일자로 꾹 다물고 있었다.

영주를 화나게 하는 일은 이 저택에 사는 누구나가 두려워하는 일이었다. 그렇다면 자신은 서둘러 가는 편이 나았다. 그를 기다리게 하면 좋지 않은 일이 벌어지리라.

라일라는 셀렌에게 감사 인사를 하고 나서 영주의 개인실이 있는 건물로 향했다.

딱딱한 오크 문을 두드리니 그의 목소리가 들려왔다.

"……들어오도록 해."

오늘은 그 잠긴 목소리가 아니었다. 그렇다는 말은 가면을 쓰지 않았다는 뜻이다.

라일라는 무거운 문을 열었다. 어스름한 실내에는 양초가 딱 한 자루 밝혀져 있었다. 그곳은 거실로 꾸며져, 그 안쪽에는 침실이 있었다. 자질구레한 일을 하는 라일라는 그의 침대를 정돈하거나 이 방의 청소를 했던 적이 있어서 그의 개인실 안을 알고 있었다.

영주는 의자에 느긋하게 걸터앉아 술이 든 잔을 들고 쉬고 있었다. 라일라가 들어와도 그녀에게 눈길을 주지도 않았다. 부른 사람은 그쪽인데도.

"저를 부르셨다고 들었습니다."

"아아, 그래."

마침내 영주는 거드름 피우는 태도로 라일라 쪽으로 고개를 돌렸다. 양초의 불꽃에 비쳐서 금갈색 머리카락이 은은한 빛을 내뿜었다. 뺨에 상처자국이 있기는 했지만 그런 것은 무섭지 않았다. 라일라는 그가 그 무서운 가면을 쓰지 않은 것에 안심했다.

가면이라는 사실을 알고 있어도 짐승의 얼굴을 한 영주는 무서웠던 것이었다. 인간과 마주하고 있다는 기분이 들지 않았다.

"……제법 나쁘지 않군."

영주는 라일라를 빤히 들여다보고는 잔을 입으로 옮겼다. 가장 질 좋은 드레스를 입었기 때문이리라. 일하기 위해서 이런 드레스를 몸에 걸치지는 않는다. 교회에 나가기 위해서라면 입었지만 이곳에서는 일요일이라도 일을 해야만 했고, 교회는커녕 마을에 나가는 것도 제한되었기 때문에 영주관에 온 후로는 입어본 적이 없었다.

영주님은 하인이 마을 사람과 교류하는 것을 좋아하지 않는다. 셀렌뿐만 아니라 다들 입을 모아서 그렇게 말했다. 그래서 휴가를 받을 수 없었던 점도 있어서, 라일라는 이곳에 오고 나서 아직 한 번도 집에 돌아간 적이 없었다.

자신이 사라져서 아버지나 언니가 고생하고 있지는 않을까 하고 생각했던 때도 있었지만…….

아니, 그것은 우쭐한 생각이었다. 자신이 없어도 집안일 정도는 언니들이 제대로 하고 있을 것이 틀림없다.

"영주님…… 저는 대체, 무얼 하면 될까요."

라일라는 영주의 시선에 노출된 상태로 곤혹스러워했다. 설마, 이렇게 바라보기 위해서만 이곳에 둘 리는 없다.

"루퍼스다."

"……네?"

"내 이름은 루퍼스다. 둘만 있을 때에는 그렇게 부르도록 해라."

라일라는 미간을 찡그렸다. 잘 모르겠지만 영주의 명령은 무엇이든 들어야만 했다.

"루퍼스님?"

"그래……."

그는 일어서더니 라일라에게 다가왔다. 어째서인지 가슴의 고동이 빨라졌다. 갑자기 그에게 키스 당했던 때의 일을 떠올리고 말았다.

바보구나……. 키스 따위, 당할 리가 없다.

그에게 있어서 그때 한 키스는 그저 장난 같은 것이었다. 진지한 것일 리가 없었다. 그런 사실 정도는 남녀관계에 그다지 지식이 없는 자신이라도 안다.

그는…… 루퍼스는 영주였다. 그리고 자신은 평범한 마을 아가씨. 그것도 지금은 그에게 고용된 몸이었다.

키스 따위…… 할 리가 없다.

루퍼스가 손을 뻗어서 라일라의 뺨을 만져 왔다. 가슴이 철렁했고, 동시에 몸이 흠칫 떨렸다.

그는 영주였다. 그러니 키스 따위를 해서는 안 된다.

그렇게 생각했는데도 그의 입술이 다가오는 것을 라일라는 피할 수 없었다. 움직일 수 없었던 것이었다. 라일라는 그에게 키스 받고 싶었기 때문에.

부드러운 입술이 포개져 왔다. 맨 처음 했던 키스는 강제적이었다. 그렇지만 이 키스는 달랐다. 거만한 그에게 어울리지 않게 부드러운 키스를 해왔다.

슬쩍 혀가 미끄러져 들어왔다. 라일라의 몸은 다시 떨렸다. 이런 일은 해본 적이 없었다. 그로 말하자면 전과 마찬가지로 단순한 장난삼아 키스하고 있는 것이리라. 그러나 이렇게 부드러운 키스를 받자, 그가 진심인 것 같은 생각도 들었다.

진심…… 이라니 무슨?

그가 나를 좋아한다는 뜻?

그런 일은 도저히 믿을 수 없었다. 그렇다면 이 행동은 역시 장난인 것이다. 그가 입술을 뗀다면 이 이상한 시간은 끝을 고할 것이다.

라일라는 이 시간을 조금만 더 길게 늘이고 싶었다.

그와 키스를 하고 있고 싶었다. 그에게 키스를 받으면 라일라는 묘한 기분이 들었다. 가슴이 뜨거워지고, 머리가 둥실둥실 떠다니는 것이었다.

그도…… 같은 기분일까?

그것은 알 수 없었다. 남자와 여자는 느끼는 방식이 다를지도 몰랐고, 무엇보다 그는 자신처럼 남녀관계에 무지하지는 않을 것이라 생각했다. 분명 이런 일은 몇 번이고 경험했으리라.

키스를 하면서 그는 라일라의 몸을 더듬어왔다. 끌어 안기자 정신이 아득해져 왔다. 다른 누구와도 이렇게 친밀한 행동을 한 적은 없었다.

루퍼스의 혀가 라일라의 혀를 붙잡아서 애무하기 시작했다. 그것과 동시에 그의 손이 라일라의 등을 쓰다듬었다.

마치 연인 사이 같다고, 라일라는 생각했다. 물론 자신이 영주의 연인 같은 게 될 수 있을 리 없다. 신분 차이도 심했다. 잘해야 애첩 정도다. 하물며 그의 아내가 될 수 있을 리도 없다.

라일라는 그렇게 생각하고 만 스스로가 우스웠다. 그는 금방 키스를 그만둘 터였다. 그리고 무언가 용건을 말할 것이 뻔했다. 그가 자신 같은 마을 아가씨 따위를 진심으로 상대할 리가 없었다.

그래도 아직 그와 키스를 나누고 싶어서 힘을 빼고 그에게 몸을 맡겼다.

생각해 보면 라일라는 그의 맨 얼굴을 보았을 때부터 한눈에 매료되어 있었다. 그의 뺨에는 상처자국이 있지만 그런 것은 아무래도 좋았다. 어쩌면 처음으로 키스한 상대이기 때문인지도 몰랐지만, 라일라는 그가 자신에게 관심을 드러내는 모습이 싫지는 않았던 것이다.

그렇기에 라일라는 언제나 그의 시선에는 민감했다. 그가 이 개인실에 달린 창이나 서재에 달린 창에서 밖을 바라보고 있을 때면, 라일라는 그 시선을 언제나 느끼고 있었다.

자만하는 것인지도 모른다고 생각할 때도 있었지만, 이렇게 또다시 키스를 받으니 그 느낌이 단순한 기분 탓만은 아닌 것 같았다.

루퍼스의 입술이 떨어졌다. 라일라는 엉겁결에 그의 등에 손을 둘렀다. 좀 더 이렇게 있고 싶었기 때문이었다.

피식 웃음소리가 들려왔다고 생각하자 루퍼스가 다시 입술을 막아왔다. 아까 전과는 달랐다. 이번에는 강제적인 키스였다. 마찬가지로 혀를 휘감아도, 지금 하고 있는 키스는 아까 전까지의 부드러운 키스와는 전혀 달랐다.

라일라는 압도당하면서도 그 격한 키스에도 몸을 맡기고 말았다.

아아, 이런 모습을 아버지께서 보시면 얼마나 탄식하실까. 분명 행실 나쁜 딸이라고 여기실 거야.

아버지는 성직자였다. 미혼인 막내딸이 고용살이를 하러 간 집주인에게 키스를 당하고 저항하지도 않다니 도저히 용납하기 어렵다고 생각하리라. 그러나 라일라는 스스로를 더 이상 멈출 수 없었다. 그에게 키스당해 현기증 같은 쾌감에 드러내어진 것이다.

자신은 어디까지 흘러가는 것일까. 라일라는 루퍼스의 키스에 푹 빠져 있으면서도, 슬슬 그만두어야 한다고 생각했다.

그렇지만 조금만 더……

루퍼스의 손이 등이 아니라 허리보다 아래까지 내려왔다. 그 손이 엉덩이를 쓰다듬고 있다는 사실을 깨닫고, 라일라는 퍼뜩 정신이 들었다. 허둥지둥 몸을 뒤로 물렸다.

"뭐야, 이제 와서?"

루퍼스의 말투는 마치 라일라를 비웃는 것처럼도 들렸다.

라일라는 그 말투에 상처를 입었다. 그에게 키스를 받고서 우쭐해진 자신이 부끄러워 견딜 수 없었다. 루퍼스 역시 라일라의 우쭐거리는 모습을 비웃고 있음이 틀림없다.

그래. 이것은 장난으로 한 키스니까. 진심으로 키스하고 싶다고 생각한 나를 업신여겨도 별 수 없어.

라일라는 그에게서 떨어지려고 했다. 그러나 루퍼스는 그 행동을 용납하기는커녕 라일라를 안아 올렸다.

"영주님! 대체, 무슨……."

"버둥대지 마."

그가 차분하게 주의를 주자 라일라는 아무런 말도 할 수 없게 되고 말았다.

루퍼스는 라일라를 안은 채 옆에 있는 침실로 이동했다. 그리고 네 개의 기둥이 달린 당당한 침대에 라일라를 내려놓았다. 침실에는 이미 양초가 켜져 있어서 그의 얼굴이 잘 보였다.

라일라는 혼란스러웠다. 그가 자신을 어째서 침대로 데려왔는지 잘 알 수 없었다. 루퍼스가 위에서부터 덮쳐누르자 라일라는 그때 처음으로 그의 의도를 깨달았다.

"그만둬요……."

"버둥대지 말라고 말했을 텐데."

루퍼스의 차가운 목소리에 섬뜩해져서, 라일라는 그의 팔에서 도망치려고 했다. 그러나 루퍼스는 즉시 라일라를 꽉 껴안았다. 그리고 입술을 막아버렸다.

"응……."

항의하는 목소리는 입안에 봉해졌다. 이 이상 키스를 당한다면 이상해져 버리고 말 것이다. 라일라는 그 상황이 두려웠다.

게다가…….

그는 무엇을 하려고 하는 거지?

침대에서 남녀가 무엇을 하는지 라일라는 어렴풋이 밖에 몰랐다. 적어도 키스 이상의 일을 행한다는 사실은 알았지만.

그러나 어쨌든지 그 행위는 미혼인 아가씨가 할 일은 아니었다. 교회에서 떳떳하게 식을 올린 남녀에게만 허락된 일이 아닐까.

아아, 그렇지만…….

라일라의 몸은 루퍼스에게 끌어안겨서 키스를 받자, 마비된 것처럼 변하고 말았다.

이 이상 루퍼스의 뜻대로 되어서는 안 된다고 생각했지만 몸이 말을 듣지 않았다. 그에게 키스를 받고 있노라면 황홀해지는 것이었다. 안 된다고 생각하면 생각할수록 그 감각이 강해졌다.

루퍼스의 손이 라일라의 부푼 가슴을 덮었다. 물론 그런 일을 당하는 것은 태어나서 처음이었다, 그가 소중한 부분을 만진다고 생각하는 것만으로도 라일라의 머릿속은 뜨거워졌다.

그의 손가락이 옷 위에서 가슴을 탐색하듯이 움직여 갔다. 정점 언저리를 쓰다듬자 라일라는 움찔 몸을 떨었다.

부끄러운데도 어째서인지 좀 더 해주었으면 하는 생각이 들었다. 라일라는 점점 자신이 되돌릴 수 없는 곳까지 가려고 하고 있다는 사실을 깨달았다.

루퍼스의 입술이 떨어졌다. 그러나 곧바로 그는 라일라의 목덜미에 키스를 해왔다.

어쩌면…… 어쩌면 좋을까?

이곳에서 도망쳐야만 하는데. 그렇지만 도망칠 방법 같은 게 있을까. 실제로 라일라는 침대에 억눌려 있었다. 설령 이 침실에서 나갈 수 있다고 해도, 그것으로 해결된다고는 생각할 수 없었다.

어째서냐 하면 루퍼스야말로 이 저택의 주인이기 때문이었다. 그리고 그는 영주였다. 그의 영지에 있는 동안은 그에게서 도망칠 수 없다.

그러나 루퍼스에게도 인간의 마음이 남아 있다면 설득할 수 있을지도 모른다. 그렇게 해야만 한다고 라일라는 생각했다. 자신은 목사의 딸인 것이다. 이런 식으로 순결을 잃을 수는 없었다.

루퍼스의 입술과 손가락의 움직임에 희롱당하면서도 라일라는 간신히 입을 열었다.

"저…… 저, 안 돼요. 이런 짓……."

루퍼스의 손은 라일라의 드레스 앞에 달린 단추를 풀려 하고 있었다. 띄엄띄엄 애원했지만 그에게는 들리지 않는 것일까.

"부탁이에요……. 그만두세요……."

옷의 앞부분이 벗겨져서 루퍼스의 손에 의해 슈미즈가 아래까지 스르륵 미끄러져 내렸다. 라일라는 깜짝 놀라 몸이 굳었다.

루퍼스의 손이 직접 라일라의 가슴을 움켜쥐었다.

"호오……. 감촉이 좋군."

라일라의 뺨이 화끈 달아올랐다. 루퍼스는 라일라의 가슴을 만지고서 평가를 내렸던 것이다. 험담은 아니라 해도 이런 모욕은 없으리라.

"그만해요……. 만지지 말아요……."

이렇게 명백하게 거절하고 있는데 루퍼스에게는 들리지 않는 모양이었다. 가슴을 만지작거리며 그 정점을 손가락으로 찾아냈다.

"앗…… 싫어……."

"뭐가 싫지?"

루퍼스는 입술을 일그러뜨리며 웃었다. 그의 손가락이 가슴의 정점을 쓰다듬자 지금까지 느낀 적이 없는 이상한 감각이 몸에 피어올랐다.

이런 부분이 기분 좋다니 믿을 수 없었다. 라일라는 뺨을 물들이며 몸을 비틀고 루퍼스의 손에서 도망치려고 했지만 잘 되지 않았다. 그에게 깔려 버렸기 때문이다.

루퍼스의 손가락이 원을 그리듯이 움직이며 그곳을 손가락으로 쓰다듬었다. 라일라는 아무것도 느끼고 싶지 않았다. 기분 좋은 감각 따위, 있을 리가 없기 때문이다.

그러나 몸은 전혀 자신의 생각대로 되지 않았다. 루퍼스의 생각대로 라일라는 느끼고 있는 것이었다.

"영주님께서…… 이런 행동을 하시다니……."

"영주니까 하는 거야. 이곳에서 일하는 이상, 너는 내 것이다. 게다가……."

루퍼스는 나지막한 목소리로 웃었다.

"너는 제물이 될 각오로 이곳에 왔을 텐데."

"그, 그렇지만…… 이런 일은……."

"나는 앞으로 너를 느긋하게 맛볼 셈이다."

"앗……."

그가 가슴의 계곡을 혀로 쓸었다. 처음 느끼는 감각에 라일라는 몸을 움찔 떨었다. 정말로 잡아먹히는 것은 아니었다. 그 사실을 알고 있어도 그가 하는 말이 무서웠다.

그는 나를 먹어버릴 거야, 짐승처럼.

물론 그것은 비유적인 의미에 지나지 않는다고 해도, 라일라는 되돌릴 수 없는 입장에 몰리게 되고 만다.

그래도 잡아먹히는 것보다 나을까. 잘 모르겠다. 루퍼스는 자신이 하고 싶다고 생각한 일은 무엇이든 한다. 그리고 누구에게도 용서가 없었다. 라일라가 곤란해진다고 해도 그는 아프지도 가렵지도 않으리라.

왜냐하면 그는 짐승 영주이기에.

하인 동료 중 누군가에게 들은 적이 있었다. 그의 본성은 역시 짐승이라고. 짐승처럼 자신의 의지를 관철하고, 다른 사람에게 자비를 베풀지 않는 것이었다.

루퍼스는 슈미즈를 찢고서 라일라의 가슴을 노출시켰다. 두 개의 언덕이 그의 눈앞에 드러났다. 라일라는 수치심을 느끼며 눈을 꼭 감았다. 지금까지 어떤 남성에게도 보여준 적이 없었다. 그런데 결혼도 하지 않은 상대에게 그 부위를 드러내다니 견딜 수 없는 일이었다.

"예쁜 가슴이군."

루퍼스가 툭 중얼거렸다. 그런 식으로 말할 것이라고는 생각하지 않았기에, 라일라는 저도 모르게 눈을 떴다. 그러자 그가 자신의 가슴을 지그시 보고 있는 모습이 시야에 들어왔다.

그러나 루퍼스가 얼마만큼 라일라의 가슴에 끌리든 그런 것은 관계없었다. 라일라가 놓인 지금의 입장에서 구원받을 수단은 되지 않으리라.

루퍼스는 손가락을 가슴으로 미끄러뜨렸다. 마치 형태

를 확인하는 것 같은 손놀림이라서, 라일라는 어째서인지 자신 쪽이 애가 타는 기분이 들었다. 그렇지만 그렇게 생각하는 것은 이상한 이야기였다. 자신은 더 이상 느끼고 싶지 않은데도.

이윽고 루퍼스는 양손으로 가슴을 감쌌다. 그러나 강한 힘이 아니라 부드럽게 주무르는 듯한 움직임으로 쥔 것이었다.

"아아…… 부드러워. 완벽하군."

루퍼스는 그렇게 말하더니 언덕에 키스를 해왔다.

라일라는 숨을 헉 삼켰다. 키스당하고 싶지 않았던 것은 아니었다. 그 반대였다. 라일라는 그가 키스를 해주었으면 했다. 그의 입술이 닿는다면 어떤 기분이 들지 생각하고 있던 참이었다.

"가슴에 키스 받는 걸 좋아하나?"

"아니…… 아."

부정하려고 했지만 그가 정점에 키스를 하자, 라일라는 말을 잇지 못하게 되고 말았다.

루퍼스가 한 행동은 키스뿐만이 아니었다. 입술에 머금거나, 혀로 굴리듯이 핥더니 기어코는 부드럽게 이를 세웠다. 그리고 마침내는 입에 머금고 혀를 휘감은 채 빤 것이었다.

"아아앗……."

라일라가 참지 못하고 목소리를 냈다. 무척이나 부끄러웠다. 자신이 이렇게 음란한 목소리를 내고 말다니 그런 일은 있을 수 없는데.

그렇지만 루퍼스가 몇 번이나 빨았기에, 라일라는 몇 번이나 비슷한 목소리를 내는 처지가 되고 말았다.

"굉장하구나, 정말이지. 네가 순진한 처녀라고는 믿을 수 없을 정도야."

루퍼스는 라일라를 모욕했다. 그러나 순진한 처녀라고 주장하는 것도 어리석은 일이었다. 그런 사실은 그에게는 관계없었다. 아니, 그는 순진한 처녀인 쪽을 기꺼워하며 자신을 더럽히리라. 지금은 그런 식으로밖에 생각할 수 없었다.

그러나 라일라는 마지막 희망을 품고 신음하듯이 호소했다.

"부탁이에요……. 이제…… 놓아주세요."

루퍼스는 흥 하고 코웃음을 쳤다.

"놓아줄 리가 없잖나. 이렇게 먹음직스러운 사냥감을 앞에 두고."

"당신은…… 영주님이세요. 보통 영주님이라면 영지민을 지킬 터……."

"유감이로군. 나는 짐승 영주라고 불리고 있어. 보통 영주라면 하지 않을 일을 태연하게 한다고. 원하는 아가씨는 자기 것으로 삼지."

루퍼스는 다시 라일라의 과실을 입에 머금고 혀를 굴렸
다.

"아아…… 앙……."

그가 굴리는 혀의 움직임에 쾌감을 느끼고 말았다. 루퍼
스가 베푸는 애무에 의해, 라일라는 생각지도 못할 정도로
자신의 몸이 민감해져 있다는 사실을 깨달았다.

아아, 어쩌지……!

"영주님…… 부탁이에요. ……부탁드립니다."

라일라는 헛소리처럼 되뇌었다.

"무얼 부탁하는 거지? 좀 더 만져주면 좋겠나? 그렇지
않으면 억지로 빼앗아주었으면 하나?"

라일라는 고개를 좌우로 내저었다. 그러나 루퍼스는 라
일라의 드레스 자락을 걷어 올렸다.

"싫어……."

루퍼스의 손이 허벅지를 매만졌다. 물론 그 위쪽을 만지
게 해서는 안 되었다. 라일라는 필사적으로 저항했지만, 그
는 손쉽게 속옷을 건드리더니 끈을 풀어서 그것을 끌어내
리려 했다.

라일라는 울고 싶어졌다. 그러나 울어보았자 루퍼스는
그만두지 않으리라. 그는 도의심이라는 것을 갖추지 않았
기 때문이다. 오히려 라일라가 운다면 루퍼스는 기뻐할 것

이 틀림없었다. 그리고 그것이 그의 가학심에 불을 붙일 것이 틀림없을 것이다.

그는…… 정말로 짐승 영주였다. 사람의 마음을 지니지 않은 짐승이다.

루퍼스의 손이 다리 사이에 닿았을 때, 라일라는 반쯤 포기하는 경지에 이르렀다.

울거나 버둥거려도 의미는 없다. 그렇다면 지금 자신이 할 수 있는 최대한의 저항은 가만히 돌처럼 딱딱하고 차갑게 누워 있는 일밖에 없다. 그렇게 생각한 것이었다.

그러나 루퍼스의 손가락이 부드럽게 그 부분을 만져 오자 아무것도 느끼지 않을 수는 없었다.

루퍼스는 일부러 그러는지 깃털로 건드리는 것처럼 부드럽고도 부드럽게 손가락을 움직였다. 라일라 쪽이 안달 날 정도였다. 만지려면 좀 더 제대로 만져 달라고 말하고 싶어졌다.

하반신이 근질근질해졌다. 참을 수 없었다. 좀 더 만져주었으면 했다.

라일라가 굳게 오므리고 있었을 터인 다리에서 힘이 빠져나가서 어느샌가 열려 있었다. 루퍼스의 손가락이 즉시 좀 더 대담하게 만지기 시작했다. 그러나 그는 손가락 하나로 그 부분을 더듬기만 했다.

라일라는 저도 모르게 허리를 꿈틀거렸다. 분명 루퍼스

는 웃고 있을 것이다. 그렇게 생각하고 그의 얼굴을 보았지만 웃고 있지 않았다. 웃기는커녕 매우 진지한 표정이었다.

뭐…… 뭐지?

라일라는 전혀 의미를 알 수 없었다. 그는 무언가의 게임을 하고 있는 것일까.

이윽고, 루퍼스는 손가락을 라일라의 안으로 미끄러뜨려 넣었다.

"아…… 그런…… 윽."

"촉촉이 젖어 있어. 나를 환영한다는 증거야."

그럴 리가 없었다. 라일라는 고개를 흔들었지만 루퍼스는 보지도 않았다. 그는 손가락을 빼더니 갑자기 몸이 달아서 라일라의 드레스 단추를 좀 더 풀기 시작했다. 그리고 마침내 완전히 드레스를 벗기고 말았다.

실오라기 하나 걸치지 않은 몸이 된 채 라일라는 루퍼스의 뜨거운 시선을 받았다. 그는 라일라의 몸을 훑어보고 씨익 웃었다.

"이 몸이 내 것인가."

"다, 당신의 것……?"

"그래. 내 것이야. 네 몸은 내 것. 내가 그렇게 정했어."

이 얼마나 거만한 영주인가. 그러나 자신은 이미 그에게 바쳐진 제물이자 사냥감이기도 했다. 어리석게도 라일라는 시키는 대로 목욕을 하고, 그의 방으로 가라는 말을 듣고 그대로 따랐다.

루퍼스는 라일라의 발목을 잡더니 좌우로 벌렸다.

"그만둬요!"

라일라는 외쳤다. 다리를 벌리면 감추어 두고 싶은 비밀스러운 부분까지 드러나게 되고 만다.

"싫어…… 싫어요!"

울부짖어 보았자 루퍼스는 봐주려고 하지 않았다. 라일라의 다리가 크게 벌어졌다. 그의 시선이 그 사이로 쏟아졌다.

"아아……."

라일라는 절망 어린 목소리를 내고 말았다.

그렇지만 굴욕은 그것으로 끝이 아니었다. 그는 라일라의 발목을 잡은 채 그대로 꾹 밀어 올렸다. 그러자 훨씬 지독한 자세가 되었다. 다리가 벌려진데다 무릎이 구부려져서, 그야말로 '보아주세요'라고 주장하는 것 같은 포즈가 되고 말았다.

"이대로 묶어 보면 재미있을지도 모르겠군."

심술궂은 말에 라일라는 몸을 움찔 떨었다.

"어때? 이곳을 드러낸 채 다리를 움직이지 못하게끔 묶는 거야. 필시, 재미있겠지."

라일라는 이를 악물었다. 그녀가 부끄러워하고 있는 것을 루퍼스가 모를 리가 없었다. 그런데도 이렇게 잔혹한 말을 입에 담았다.

"뭐, 네가 저항하지 않는다면…… 그런 짓은 하지 않아."

루퍼스는 그 한마디로 손쉽게 라일라의 갑옷을 벗겨냈다. 지금 한 말은 절대로 저항하지 말라고 경고하는 것이었다.

"여…… 영주님."

"루퍼스라고 불러."

루퍼스는 드러난 부분에 입술을 가져다 댔다. 그의 숨이 닿았다. 그것만으로 라일라는 숨이 멎을 것만 같아졌다.

부드러운 살덩어리가 비밀스러운 부분에 닿았다.

나를 핥고 있어!

믿을 수 없는 일이었다. 그는 그 부끄러운 부분을 혀로 핥고 있었다. 꽃잎을 벌리고 열심히 혀를 놀렸다.

몸이 오싹오싹해졌다. 이런 일을 당하고서 기뻐하는 자신은 어딘가 이상한 것일까. 그러나 저항한다고 해도 그는 더 심하게 자신을 욕보일 것이 뻔했다. 그럴 바에야 어떻게든지 견뎌서, 가만히 있을 수밖에 없었다.

그러나 그가 핥는 사이에 달콤한 마비가 피어올랐다. 이렇게 부끄러운 부분을 핥는다는 것 자체가 라일라에게는 충격적이었지만, 그 이상으로 자신이 느끼고 있다는 사실이 부끄러웠고 무서웠다.

어쩌지……. 나, 분명 이상해진 거야.

이렇게나 부끄러운데도 좀 더 해주었으면 하는 마음이 들었다. 그가 놀리는 혀의 움직임이 느껴져서 이상해질 것만 같았다.

이윽고 그의 혀가 라일라의 매우 민감한 부분을 붙잡았다. 그 순간, 라일라의 몸이 격하게 흔들렸다.

"싫어……. 아앗……."

루퍼스가 혀로 굴리듯이 핥자 라일라는 움찔움찔 몸을 떨었다. 믿을 수 없을 정도의 충격이 몸에 몇 번이나 퍼져 갔다.

"싫어…… 앗…… 아앗."

멈춰보려고 해도 이미 스스로를 멈출 수 없었다. 루퍼스는 자비도, 용서도 없이 라일라를 몰아붙였다. 몸이 경련하는 양 떨렸다. 그렇지만 이미 슬슬 한계가 가까워지고 있었다.

라일라의 몸에 꾹 힘이 들어감과 동시에 두둥실 떠오르는 것 같은 기분이 들었다. 그 순간, 날카로운 쾌감이 온몸을 꿰뚫었다.

이런 쾌감이 있을 줄은 전혀 몰랐다. 라일라는 입을 열려고 했지만, 결국 아무 말도 할 수 없었다. 쾌감의 여운이 이어져서 몸에 힘이 들어가지 않았다. 달콤한 마비가 아직 남아 있어서 매우 나른했다.

게다가 무슨 말을 하면 좋을까. 이렇게 부끄러운 짓을 당한 후에 루퍼스에게 할 수 있는 말은 아무것도 없었다. 그가 억지로 밀어붙인 행위에서 이렇게 쾌감을 얻고 말았다. 그래 놓고는 불평 따위를 할 수 있을 리가 없었다.

루퍼스는 라일라의 표정을 바라보고 만족스러운 얼굴을 했다. 그러나 이것으로 끝낼 생각은 없는 모양이었는지, 라일라의 허벅지 안쪽에 입술을 미끄러뜨렸다.

라일라는 깜짝 놀라서 몸을 떨었다. 여운에 잠겨 있을 때 그런 짓을 당하면 또다시 몸이 뜨거워지고 만다.

"싫어…… 이제 그만둬요."

그 부탁에 루퍼스는 코웃음을 칠 뿐이었다. 그는 그만둘 마음 따위는 없는 것이다. 그의 손이 라일라의 다리 사이를 다시 만져 왔다.

"앗…… 아윽."

그의 손가락이 다시 자신의 안으로 들어왔다. 아까 전보다 훨씬 쉽게 침입해 오는 것을 깨닫자 라일라는 곤혹스러웠다. 루퍼스는 라일라의 그 표정을 보고서 쿡 웃었다.

"신기한 일이 아니야. 네 이곳이…… 젖어 있기 때문이지. 아까 전부터 줄곧 내 손가락을 받아들이고 싶어 하고 있다고."

아니야. 그렇지 않다고 말하고 싶었다. 그렇지만 그의 손가락이 그곳에 들어오자, 아까 전과는 다른 감각이 싹트고 있다는 사실을 깨달았다.

루퍼스가 손가락을 움직이자 그 자극이 자신의 몸에 전해져 왔다. 강렬한 쾌감을 맛보자 일단 잦아들었다고 생각했던 불이 다시 자신의 몸에서 타오르는 감각을 느꼈다.

아아, 내 몸은 대체 어찌 된 거지……?

라일라는 무서웠다. 자신의 몸인데도 모르는 사이에 루퍼스의 뜻대로 되고 말았다. 모든 것이 처음 경험하는 일이라 라일라에게는 대처할 방도가 없었다. 침대에서 벗어나고 싶어도 이미 때는 늦었다. 라일라는 이미 반쯤 그에게 몸을 내던진 것이나 마찬가지였기 때문이었다.

루퍼스의 손가락이 드나들 때마다 라일라의 몸은 더욱 뜨겁게 젖어들었다. 처음에는 의미를 알 수 없었지만 지금이라면 안다. 이것은 자신이 기분이 좋아졌다는 증거 같은 것이었다.

라일라는 다시 몸의 열기가 높아졌다는 사실을 깨달았다. 어떻게 하면 좋을지 몰랐다. 대체, 이 행위에 끝은 있는 것일까.

더 이상 이곳에서 도망치고 싶다고는 생각하지 않았다. 이 열기를 그가 잠재워 줄 때까지는 침대에서 나갈 수 없다.

"아응…… 앗…… 앙."

아까 전부터 끊임없이 자신의 입에서 달콤한 신음이 흘러나오고 있었다. 무의식중에 허리를 흔들면서 그저 그의 애무를 탐했다. 루퍼스는 손가락을 움직이면서도 라일라의 다리나 허리, 그리고 배에 키스를 반복했다. 그리고 마치 라일라가 충분히 고양된 시기를 잰 것처럼 손가락을 빼내었다.

"앗……."

루퍼스는 피식 웃었다.

"괜찮아. 아직 끝이 아니야."

라일라는 눈을 크게 뜨며 루퍼스의 얼굴을 보았다. 끝이 아니라면 그는 무엇을 할 셈인 것일까.

"잠시 눈을 감고 있어."

"그렇지만……."

"내 말 들어."

차갑게 지적당해 라일라는 눈을 감았다. 옷이 스치는 소리가 들린다고 생각했더니, 루퍼스의 양손이 라일라의 다리를 벌렸다. 바로 전까지 손가락을 집어넣었던 장소에 무언가 다른 것이 닿았다.

대체 뭐지?

눈을 뜨고 싶어서 눈꺼풀이 씰룩씰룩 움직였다.

"아직이야."

루퍼스는 라일라의 허벅다리를 천천히 쓰다듬었다. 생각지도 않았던 다정한 손놀림으로 쓰다듬는 감촉에 라일라는 황홀해졌다.

"몸에서 힘을 빼. ······그렇지."

루퍼스가 한 말대로 라일라는 몸에서 쓸데없는 힘을 뺐다. 그의 손으로 쓰다듬어지는 것은 어쩌면 이렇게 기분이 좋을까.

그렇지만 그것은 양다리를 꾹 밀어 올려지기 전까지였다. 무언가 커다란 것이 라일라의 내부에 침입하려 하고 있었다. 라일라는 강렬한 통증에 놀라서 눈을 떴다. 눈을 뜬 순간 후회했다. 왜냐하면 루퍼스의 다리 사이에는 성난 분신이 있었는데, 그 분신을 라일라의 안으로 삽입하려고 하는 참이었기 때문이다.

"그만둬요!"

비명 같은 목소리를 냈지만 때는 늦었다. 루퍼스는 억지로 허리를 밀어붙여서 침입해 왔다.

몸을 가르는 아픔이 퍼지자, 라일라는 숨이 멎을 정도로 충격을 받았다.

거짓말······. 거짓말이야, 이런 일!

도저히 믿을 수 없었다. 기분 좋은 감각의 뒤에 이런 행위가 기다리고 있을 줄은 생각도 못했던 것이었다.

루퍼스는 방심하게 해놓고는 이렇게 잔혹한 일을 하려하고 있었다. 라일라는 통증으로 눈물을 흘렸다. 그러나 그는 용서 없이 모든 것을 라일라의 안으로 집어넣었다. 자신의 내부가 그의 분신으로 점령당해 있다고 생각하니 현기증을 느꼈다.

"이런…… 이런 일이……."

"이런 일? 너는 내가 무엇을 하려고 했는지 몰랐던 모양이군."

루퍼스는 야유 어린 미소를 띠웠다.

이제 와서야 분명히 알았다. 이것이 순결을 잃는다는 행위인 것이다. 결혼한 남녀가 반드시 해야만 하는 일이었다.

그렇지만…… 나는 결혼하지 않았어.

미혼인 상태로 이런 일을 당하고 말다니…….

라일라는 절망했다. 그에게 키스 받거나 애무 받거나 갖가지 일을 당하며 기분 좋아하고 있을 상황이 아니었던 것이다. 역시, 도망쳤어야 마땅했다.

그러나 어디로 도망친다는 말인가. 그는 영주였다. 이 저택은 물론이거니와 이 부근 일대는 모두 그의 것이다. 영주는 절대적인 권력을 가지고 있다. 라일라가 미혼이든 아니든, 영주의 지시에는 누구도 거역할 수 없다. 그래서 셀렌이 양심에 걸리는 표정을 지으면서도 라일라를 그의 방으로 가게끔 지시한 것이었다.

즉, 루퍼스가 라일라를 원했다는 뜻이다.

라일라는 기가 막혔다. 눈물이 아직도 흘렀다.

"당신은…… 짐승이에요!"

그렇게 외치자 일순 루퍼스의 눈동자에 사나운 빛이 깃

들었다. 그야말로 야수처럼. 그러나 금세 그는 입술을 일그 러뜨리며 웃었다.

"그래. 마을 사람들이 수군거리고 있는 그대로다. 나는 겉모습도 마음도 모두 짐승이지."

루퍼스는 허리를 한 번 빼더니, 그런 다음 다시 안쪽까지 꿰뚫었다.

"앗……."

몸 안에서 움직이는 그의 분신이 자신의 민감한 부분을 스쳐갔다. 라일라가 지른 목소리를 듣고 루퍼스는 만족스 럽게 웃음을 띠웠다.

"나에게 잡아먹힐 각오로 이 저택에 찾아왔지 않나? 그 게 오늘 밤이었을 뿐이야."

잡아먹힌다는 것과 이런 행위를 당하는 것에는 제법 차 이가 있었다. 이 행위는 잔혹한 방법이기는 했지만 죽을 리 는 없었다. 그러나 라일라처럼 아무것도 모르는 처녀에게 는 죽음과 다를 바 없는 행위였다.

두렵고, 아프고, 무엇보다 자신의 모든 것이 부정당하는 듯한 행위였다. 더 이상 원래의 자신으로는 돌아갈 수 없 다. 마을에도 돌아갈 수 없거니와, 하물며 아버지의 곁에는 돌아갈 수 있을 것 같지 않았다. 이런 식으로 몸을 더럽혔 다는 사실을 안다면 아버지는 자신을 경멸할 것이 틀림없 었다. 언니들도, 다른 마을 사람들도…….

아아, 그렇지만…… 나는 제물인걸. 마을 아가씨 누구도 하고 싶어 하지 않았던 일을 받아들인 거야.

감사받으면 모를까 경멸받다니 절대로 이상했다. 잡아먹히는 것은 괜찮고 순결을 잃는 것은 좋지 않다니, 이상한 것이 당연했다.

그렇게 생각해 본들 라일라에게는 아무런 위안도 되지 않았다. 라일라는 입술을 깨물었다. 이런 굴욕을 준 그가 미웠다.

루퍼스는 태연한 표정으로 라일라의 안을 오갔다. 그의 움직임이 주는 자극이 라일라의 안에서 점점 커져갔다. 정신이 들고 보면 그가 움직일 때마다 라일라는 달콤한 목소리를 지르고 있었다. 인정하고 싶지는 않았지만 무척이나 기분이 좋았다. 그렇게나 아팠던 것이 거짓말 같았다.

루퍼스의 얼굴은 냉혹한 악마 그 자체였다. 그의 말을 빌리자면 짐승인가. 억지로 이런 행위를 시작했으면서도 입가에 웃음마저 띠우고 있었다.

루퍼스는 몇 번이고, 몇 번이고 라일라의 안까지 꿰뚫어 왔다. 쾌감이 부풀어 오르자 라일라는 도저히 견딜 수 없을 것 같았다.

"저……. 저…… 윽."

어쩌면 좋을지 몰라서 입에서 의미를 알 수 없는 말이 새어 나왔다. 루퍼스가 그런 그녀를 부둥켜 안아왔다.

그 순간, 무언가가 싹텄다.

루퍼스에게 끌어 안기자 가슴에 달콤하고도 씁쓰름한 마음이 치밀어 올랐다. 가슴이 메었다. 이런 감각은 처음이라서 라일라는 당황하면서도 머뭇머뭇 그의 등에 손을 둘렀다.

이렇게 하고 있노라니 몸이 딱 들어맞은 듯한 기분이 들었다. 그뿐 아니라 완전하게 겹쳐져 있었다. 몸의 안쪽까지.

모든 것이 신기했다. 루퍼스와 몸을 포개고 있다고 생각한 것만으로 자신의 몸이 묘하게 뜨거워졌다. 어째서인지 몸도 마음도 사랑받고 있다는 기분이 들어서.

아니, 그것은 환상에 지나지 않는다.

나는 그에 대해서 모른다. 그도 역시 나에게는 육체적인 흥미만을 품었을 뿐이야.

이것은 잠시 동안의 행위이니까. 이 일로 그의 눈동자에 어린 차가움이 가시리라고는 생각할 수 없었다. 그는 짐승의 마음을 지녔으니까.

그 사실을 알고 있으면서도 라일라는 지금만큼은 사랑받는 기분으로 있고 싶었다. 이렇게 꼭 마주 안으면 마음도 서로 통할 것 같은 기분이 들었다.

입술에 키스를 받자 몸이 타올랐다.

더 이상…… 견딜 수 없어.

라일라는 다시 절정으로 올라갔다. 몸 안쪽에서 머리끝까지 작열의 충격이 꿰뚫었다. 그와 동시에 루퍼스는 자신의 분신을 꾹 안쪽까지 밀어 넣고 몸을 굳혔다.

그대로 두 사람은 서로 끌어안은 자세가 되었다. 강한 고동과 흐트러진 숨결, 그리고 이윽고 몸의 열기가 가셨다.

라일라는 이것으로 끝났다고 생각했다.

나른한 감각에 지배당해서 움직일 수 없었다. 라일라는 자신과 몸을 겹친 남자에 대해서 생각했다. 억지로 당한 일이었지만 결국 이렇게나 쾌감을 맛보고 말았다. 라일라는 앞으로 어쩌면 좋을지 모르면서도 몸만은 무척이나 만족하고 있었다.

루퍼스가 얼굴을 느릿하게 들었다. 그 눈을 본 순간 라일라는 섬뜩해졌다.

루퍼스의 눈동자에는 아무런 감정도 없었다. 감정은커녕 오히려 냉담했다. 그가 경멸이 섞인 듯한 눈빛으로 바라보자 라일라는 몸 둘 바를 몰랐다.

어째서 그런 눈으로 보지? 나는 아무것도 안 했는데.

지금도 몸의 일부는 이어져 있었다. 그리고 아까 전까지 서로 쾌감을 나누었을 터였다. 라일라 쪽은 그에게 특별한 감정을 느끼기 시작했는데, 루퍼스 쪽은 전혀 그렇지 않았다는 뜻인 것이다.

너무도 굴욕적이었다. 자신은 그저 루퍼스에게 저항하

지 못하고 흘러갔을 뿐이었다. 그렇게 경멸하는 시선을 받을 만한 이유는 아무 데도 없었다.

루퍼스의 몸이 천천히 떨어졌다. 더 이상 온기 따위는 남아 있지 않았다. 라일라는 싸늘한 공기를 느끼며 몸을 떨었다.

몸을 덮을 것이 필요했다. 무엇이든 좋으니까.

라일라는 침대 주변을 둘러보았다. 그러자 자신의 드레스와 속옷이 흩어져 있는 광경이 눈에 들어왔다.

그 모습이 지금의 자신과 겹쳐져 보여서 눈물이 나올 것 같았다. 자신은 팽개쳐진 옷과 마찬가지였다. 너무나 비참해서 몸뿐만이 아니라 마음속까지 더럽혀진 기분이 들었다.

문득 정신을 차리자 준비실로 사라졌던 루퍼스가 젖은 천을 손에 들고 돌아왔다. 그는 단단히 옷을 껴입은 상태였다. 그랬다. 그는 옷을 벗지 않았다. 중요 부분만을 노출한 상태로 자신과 몸을 섞은 것이었다.

아아, 그것은 확실히 섞었다고 불러야 마땅한 행위였다. 가축이나 말이 교미하는 장면을 본 적이 있었다. 그것과 거의 차이가 없었다. 그런 교미를 눈으로 보고서도, 설마 인간이 비슷한 행위를 할 거라곤 생각도 하지 않았는데.

루퍼스는 아무렇지도 않게 라일라의 다리에 손을 대더니 천으로 더러워진 부분을 닦아냈다. 그런 일까지 해주리라고는 생각도 못했기 때문에 라일라는 감사 인사를 하려고 했지만, 그의 눈동자가 여전히 차갑다는 사실을 깨닫자 목소리가 나오지 않았다.

이 행동은 단순한 뒤처리였다. 별로 자신을 배려해 준 것이 아니라, 분명 자신이 언제까지고 이곳에 버티고 있으면 방해되기 때문이리라.

라일라는 눈물을 삼키며 말없이 침대에서 내려와서 흩어진 옷을 몸에 걸쳤다. 드레스의 단추를 채울 때에는 손이 떨렸지만, 그 이유는 분명 루퍼스가 뚫어져라 바라보고 있었기 때문이리라.

드레스를 몸에 걸치고 머리카락을 손으로 가다듬었다. 이제 용건은 끝났다. 라일라가 영주에게 이런 치욕을 당했다는 사실은 분명 내일이면 하인 동료들에게 널리 알려지게 되리라. 셀렌 스스로가 손을 빌려준 일이니까.

그렇지 않으면 셀린은 입을 다물어줄까.

셀렌은 수다스러운 시녀와는 달랐지만, 이 저택에서 일어난 일은 머지않아 모든 이의 귀에 들어가리라. 그렇게 되기 마련인 것이다.

라일라는 한숨을 쉬고 용기를 내서 루퍼스를 보았다. 그는 편안한 자세로 팔걸이가 달린 의자에 걸터앉아 빤히 이쪽을 바라보고 있었다.

"다른 용건이 없으시면…… 저는 이제 실례하겠습니다."

목소리가 떨렸지만 라일라는 딱 잘라 말했다. 루퍼스는 업신여기는 듯한 눈빛을 했지만 조용히 고개를 끄덕였다.

좋을 대로 건드리고 나면, 이제 어찌 되어도 좋다는 뜻이 구나!

남성은 욕망을 억누를 수 없는 존재라는 말을 어딘가에서 들어본 적이 있었다. 그때는 의미를 몰랐지만 지금이라면 알 수 있었다. 그는 욕망을 억누르지 못하고 라일라에게 손을 댔다. 라일라를 창부나 그 비슷한 존재처럼 취급한 것이었다.

그렇지만 나는 창부가 아니야. 이런 굴욕을 당했지만 그 것은 그 사람의 잘못이지, 내 잘못은 아니야.

라일라는 등을 곧게 뻗고 그에게 인사를 하고 난 뒤 방을 나서려고 했다.

"내일 밤도 이곳에 와라."

라일라의 등이 굳었다. 머뭇머뭇 뒤돌아보았다. 그의 머리가 양초 불빛에 비쳐서 어쩐지 으스스하게 보였다.

"저는…… 시녀예요. 창녀가 아닙니다."

라일라는 감정적이 될 뻔한 자신을 억누르고 그렇게 말했다.

"내일부터 너는 내 애첩이 될 거다. 그 대신 일은 하지 않아도 좋아. 낮 동안은 좋아하는 일을 하면서 놀면 되는 거다."

라일라의 몸속이 굴욕감으로 뜨거워졌다. 이 정도로 모욕당해 본 적은 없었다. 순결을 빼앗긴 것만으로도 죽고 싶은 기분인데, 이 이상 이런 어리석은 일을 반복할 마음은 없었다.

라일라는 주먹을 꽉 쥐었다.

"저는 애첩 따위는 되지 않습니다! 그런 터무니없는 소리를 들을 바에야 마을로 돌아가겠습니다!"

루퍼스는 라일라의 말에 코웃음을 쳤다.

"네가 돌아갈 곳은 어디에도 없어. 너는 마을에서 쫓겨난 거야."

"아니요. 그런…… 쫓겨난 게……."

"너는 짐승 영주에게 제물로 바쳐졌어. 즉, 죽이든지 안 든지 내 마음대로란 뜻이다."

그럴 리 없다. 그러나 실제로 마을 사람들이나 아버지나 언니들이 한 일은 그런 행동이었다. 잡아먹힌다는 소문이 진실이든지 거짓이든지, 그들에게는 마찬가지인 일이었다.

라일라는 필요 없다. 라일라는 사라져도 된다.

즉, 그런 뜻이었다.

이제 와서 새삼스러운 일이었지만 라일라는 기가 막혔다. 자신은 지금까지 그들에 대해서 좋게 생각하려고 해왔다. 자신이 선택된 것은 어쩔 수 없는 일이었다고.

마을 아가씨 누구도 가고 싶어 하지 않았던 것은 마찬가지다. 아버지는 목사니까 마을 사람을 위해서 딸을 내놓아야만 했다. 그리고 미모가 빼어난 언니들보다 아무래도 좋은 막내딸인 자신이라면, 목숨을 잃어도 크게 아쉽지는 않다고.

지금까지 자신을 속여온 사람은 라일라 쪽이었다. 현실을 직시하고 싶지 않았다. 그 누구도 자신을 바라지 않는다고 생각하기는 싫었던 것이다.

"그래도, 저는…… 목사의 딸입니다. 창부 같은 짓은……."

"창부 같은 짓? 그건 바로 아까 전까지 네가 침대에서 흐트러져 있었던 모습 말인가? 나를 유혹하려는 듯이 허리를 흔들고 등에 손을 둘러온, 그런 행동을 가리키는 거겠지?"

라일라는 반론할 수 없었다. 실제로 자신은 그에게 안겨서 흐트러졌다. 그가 해준 애무에 열중했던 것이었다.

"저, 저는……."

"마을에서 이런 소문을 퍼뜨릴 수도 있어. 목사의 딸 라일라 펠튼은 남자를 밝히는 음란한 여자라서, 영주를 유혹했다고……."

"그런!"

그것은 협박이었다. 그렇지만 루퍼스는 그런 무자비한 행동을 하려고 마음먹는다면 얼마든지 할 수 있으리라.

그를 화나게 해서는 안 된다. 그러나 라일라는 더 이상 그와 짐승같이 몸을 섞기는 싫었다.

"라일라……."

루퍼스가 일어서서 다가왔다. 심장이 빠르게 울렸다. 무언가가 무서웠다. 라일라는 비명을 지르며 도망치고 싶었지만, 목소리가 나오지 않는데다 다리도 움직일 수 없었다.

루퍼스는 양손으로 라일라의 어깨를 건드렸다. 그는 라일라를 자신 쪽으로 끌어당기더니, 용서 없이 입술을 빼앗았다.

아아, 이제…….

이런 일을 당하면 그에게 저항할 수 없다. 이 차갑고도 거만하고 아름다운 짐승에게서 도망칠 수 없다.

라일라는 이미 그의 노예가 되어 있었다.

제2장
욕망의 대상

라일라는 루퍼스의 애첩으로서 저택에서 살게 되었다.

그렇다고는 해도 라일라는 자질구레한 일이라면 무엇이든 맡아하는 허드렛일 하는 시녀였다. 갑자기 애첩이 될 수 있을 리가 없었다. 평소와 같은 시간에 눈이 떠져서, 라일라는 졸린 눈을 비비며 다락 뒷방에 있는 침대에서 일어났다.

몸이 아팠다. 아니, 어떤 부위에 위화감이 있었다. 어째서 그렇게 되었는지를 떠올리고서, 라일라는 얼굴을 찡그렸다.

어젯밤에 벌어진 일은 꿈이라고 생각했는데……

유감이지만 현실은 바꿀 수 없었다. 어젯밤, 루퍼스에게 순결을 빼앗겨 그의 애첩이 되는 일을 승낙하게 되었다. 게다가 그 이후로 다시 한 번 더 그에게 안겨서 또다시 쾌락의 소용돌이에 휘말리고 말았다.

나는 왜 이리 바보일까.

하다못해 느끼고 싶지 않았는데, 그의 교묘한 애무로 몇 번이나 절정으로 밀려 올라가고 말았다. 모든 것이 무언가의 착각이었다고 여기고 싶었지만 분명 그렇게는 되지 않으리라.

라일라는 자신의 몸에 닥친 불운에 탄식했다. 루퍼스가 어째서 자신 따위에게 흥미를 가졌는지는 몰랐지만, 이렇게 되어버리고 만 이상 그가 질릴 때까지 농락당해 버릴 것이 틀림없었다.

적어도 그가 조금만 더 인간다운 마음을 가지고 있었다면 좋았을 텐데…….

루퍼스의 용모는 단 한 가지를 제외하면 트집 잡을 곳이 없었고, 무엇보다 그의 감색 눈동자에는 어쩐지 이끌리고 마는 무언가를 느끼고 있었다. 아마도 맨 처음 만난 날부터.

키스당하면 황홀해지고, 그가 매만지면 몸이 녹아들고 만다. 그것은 단순히 그의 용모가 빼어나서라는 이유는 아니리라.

그는 분명 그때부터, 이 기회를 엿보고 있었던 거야.

그날 이후, 라일라는 몇 번이나 루퍼스의 시선을 느꼈던 것이다. 그리고 라일라 역시 그가 신경이 쓰여 어쩔 줄 몰랐었다. 모습을 드러내는 일은 없었지만, 언제나 그가 바라보고 있다고 항상 의식하고 있었다.

바라보는 것만이라면 그다지 상관없었지만, 영주라고 해서 억지로 자신을 이런 비참한 처지에 몰아넣다니 지독한 횡포였다. 비열하고 거만하고 냉혹한 몹쓸 인간이었다. 그러나 아무리 험담을 늘어놓아 본들 효과는 없었다. 그 자신이 스스로 짐승이라고 말할 정도니까, 사람의 마음은 이미 잃었음이 틀림없었다.

라일라는 몸단장을 하고 나서 한숨을 쉬었다.

난 앞으로 어떻게 될까.

어젯밤, 루퍼스는 라일라를 실컷 안고 나서 지체 없이 어디론가 가버렸다. 그리고 홀로 남은 라일라는 슬그머니 자신의 방으로 돌아왔던 것이었다. 피곤에 절긴 했어도 다른 사람의 침대에서 자는 습관 따위는 없기 때문이었다.

물론, 어젯밤에 벌어진 일은 금세 모두에게 알려지고 말 것이 뻔했다. 앞으로 자신이 어떤 생활을 보내게 될지는 몰랐지만, 그가 내일 밤도 오라고 명령했기 때문이었다. 그런 일이 반복되면 저택 안 하인이 모르는 척해줄 리가 없다.

내일 밤이란…… 이제 오늘 밤이란 뜻이구나. 그렇게 생각하며 라일라는 또 한숨을 쉬었다.

확실히 루퍼스가 말했던 대로 맨 처음은 잡아먹힐 각오가 되어 있었다. 그렇게 생각하면 살아남을 수 있었던 것만으로도 대단한 일이었다. 어차피 마을에서는 죽은 사람이라고 여기고 있을 것이 틀림없으니까.

그러나 영주의 노리개가 될 바에야 잡아먹히는 쪽이 역시 나았을 지도 모른다. 그렇게 하면 적어도 자신은 모두를 위해 희생한 고결한 처녀라는 존재가 될 수 있기 때문이다.

어쨌거나 라일라는 머리를 리본으로 한데 묶고 나서 다락 뒷방에서 좁은 계단을 거쳐 일 층으로 내려왔다.

사실 누구와도 얼굴을 마주하고 싶지 않았다. 어젯밤 일은 다들 알고 있을까. 자신이 영주에게 침대로 끌려가 순결을 잃었다는 사실을 모두가 알게 된다고 생각하면 부끄러워서 견딜 수 없었다.

그렇지만 이대로 쭉 누구와도 얼굴을 마주하지 않을 수는 없는 일이었다. 라일라는 평소처럼 주방으로 발을 들였다.

"안녕하세요!"

밝게 인사하자 다들 언제나와 마찬가지로 인사를 되돌려주었다. 라일라는 안심하면서 우물로 향했다. 그곳에는 쥬크가 물을 긷고 있었다.

"안녕, 라일라."

그도 역시 명랑하게 인사를 해주었다.

"청소를 할 때 쓸 물이야? 잠시 기다려 줘."

쥬크는 라일라가 가져온 물통에 물을 길어주었다. 그는 매우 친절했다. 그런 만큼 어젯밤 벌어진 일이 마음에 걸렸다. 쥬크와는 아무런 관계도 없는 일이라고 생각하면서도, 그가 자신에게 보내는 시선이 다정했기 때문에 한층 더 자신의 몸이 더럽혀져 버렸다는 사실을 의식하고 마는 것이었다.

"고마워요. 친절하시네요."

"그렇지만 누구에게나 친절한 건 아니야."

쥬크는 그렇게 말하고서 상쾌하게 웃었다. 라일라는 무어라 대답해야 좋을지 몰랐지만, 이 상황에서는 농담이라고 생각해 두기로 했다.

물통과 걸레를 들고 서재로 향했다. 루퍼스가 일어나기 전까지 청소를 마쳐야만 했다. 루퍼스는 어떤 방보다 서재를 좋아했다. 그러니 가장 깨끗하게 해두어야만 하는 장소였다.

어젯밤은 늦게 잠에 들었기에 아직 졸렸지만 어물어물거리고 있을 수는 없었다.

뒷문을 통해 저택 안으로 돌아오던 참에 셀렌을 만났다.

"안녕하세요, 셀렌 씨."

거북한 마음을 숨기며 가능한 한 밝게 인사를 했다. 그러나 셀렌은 라일라를 보고 굳은 표정을 지었다.

"너는 청소 같은 건 하지 않아도 괜찮아."

"어…… 그렇지만, 저는……."

"적어도 어젯밤 나는 영주님께 그런 지시를 받았어. 너도…… 그렇지?"

그는 라일라를 안기 전부터 그런 결론에 다다라 있었던 것이었다. 그 행동은 역시 맨 처음부터 계획하고 있었던 일이리라.

"셀렌 씨는 전부 알고 계셨군요?"

라일라는 배신당한 것만 같은 기분이었다. 셀렌은 엄격한 부분도 있기는 했지만, 심술궂은 사람은 아니었다. 결코 무르지는 않더라도 일의 도리를 아는 사람이라고 생각했는데.

셀렌은 시선을 피했다.

"미안하구나. 그렇지만 나는…… 우리들은 영주님께는 거스를 수 없어."

"거스르면 무서운 꼴을 당하나요?"

"간단하게 말하자면, 그런 거야. 영주님께서는 순종적인 하인을 좋아하셔. 거스르거나 하면 파멸하지."

루퍼스는 라일라를 협박했던 것처럼 셀렌도 역시 협박한 것이리라. 그뿐만 아니라 이곳에서 일하는 사람들 모두 그럴지도 몰랐다. 그저 입을 다물고 있을 뿐.

이 얼마나 무서운 남자일까. 그는 역시 짐승이었다. 인간다운 마음이 없었다. 이 저택은 그가 지배하고 있기에 누구도 그에게 거역할 수 없었다. 급료가 높은 이유는 분명 그 때문이다. 그렇지 않으면 하인들은 모두 도망치고 말리라.

"저는 이런 길을 걷고 싶지 않았어요……."

너무도 괴로워서 본심을 흘리자, 셀렌은 동정적인 표정을 보이기는 했지만 그뿐이었다. 해결 방법은 아무것도 없기 때문이었다.

"그렇지만 긍정적인 면도 있잖아. 너는 자질구레한 일을 하지 않아도 돼. 공주님처럼 놀면서 지낼 수 있어. 일이 잘 풀리면 드레스나 보석 역시 사주실지도 몰라."

라일라는 입술을 깨물고 고개를 내저었다.

"영주님은 사치를 부리시는 분이 아닌 모양이시니 어떨까요. 게다가 언제까지고 이어질 리는 없다는 기분이 듭니다."

"그렇구나……."

셀렌은 동의하려고 했지만 퍼뜩 놀라 입을 다물었다. 그녀의 입장에서 그런 말을 할 수 있을 리 없었다. 그저 그녀는 묵묵히 명령을 수행할 뿐이었다. 그러나 라일라는 그러는 편이 고마웠다.

어떤 위로도 의미는 없었다. 아무도 자신을 도와줄 수 없으니, 라일라는 스스로 강해져야만 한다고 생각했다. 가족이나 마을 사람들에게는 저세상 사람이나 마찬가지인 몸이었고. 이대로 이곳에서 하녀로서 일한다고 해도 이 저택에서 일생을 마쳐야만 할지도 몰랐다. 애당초 루퍼스가 허락해 주지 않는 한 자신은 마을로 돌아갈 수 없는 것이었다. 그야말로 살리든 죽이든, 그가 마음먹기에 달려 있었다.

루퍼스가 라일라를 애첩으로 삼는다고 결심했다면, 라일라를 포함한 모두가 그 결정에 따라야만 했다. 그리고 라일라가 루퍼스의 애첩이 된다면, 다른 사람들과 마찬가지로 일하는 것은 허락되지 않을 것이고 하물며 하인들과 이전처럼 친하게 말을 나눌 수 있으리라고는 생각할 수 없었다.

애초에 애첩 따위 입장은 창부나 마찬가지라고 생각했다. 그것도 루퍼스의 기분 하나에 달려 있었다. 자신은 농락당하다가 질리면 내팽개쳐지리라. 그리고 그 뒤에는 어떻게 될지 스스로도 예측이 가지 않았다.

"영주님께 지금까지 저 같은 입장의 사람은 있었나요?"

"아니. 지금까지는 전혀."

"그럼, 제가 앞으로 어떻게 될지 아무도 모르겠군요……. 영주님께서 질리시면 저는 이 저택에서 쫓겨나 버리고 말까요."

셀렌은 아무런 대답을 하지 않았다. 그녀 역시 분명 그것은 모를 것이 틀림없었다.

"어쨌거나 네게 새 방을 준비해 주게끔 지시받았어. 걸레는 놓아두고 이쪽으로 오렴."

라일라는 고개를 끄덕이고서 셀렌의 뒤를 따라갔다. 머지않아 이 저택의 누구든지 라일라의 새로운 입장을 알게 되리라. 우울한 기분이 들었지만 이제 와서는 체념하는 마음뿐이었다. 아무리 싫다 해도 벗어날 재간이 없기 때문이다.

라일라는 이 층에 있는 넓고도 화려한 방으로 안내받았다. 거실과 침실이 나누어져 있었다. 게다가 그 방은 루퍼스의 방과 이어져 있었다. 그의 방과 준비실을 공유할 수 있게 되어 있었는데, 그곳에는 전용 욕조도 설치되어 있었다.

"제가 이런 방을 써도 괜찮을까요."

이곳은 틀림없이 루퍼스의 정실이 쓸 방이었다. 지금은 얼굴을 감추고 속세를 버린 사람처럼 살고 있는 그가 결혼하리라고는 생각할 수 없었지만, 언젠가는 그도 역시 아내를 맞이하게 되리라.

그렇게 생각하고 나니 라일라는 가슴이 쿡 쑤셨다.

질투……?

아니, 어째서 내가 질투 따위를 하지?

단순한 마을 아가씨인데다 하녀였던 자신이 누가 될지도 모를 그의 정실을 질투하다니 이상했다. 게다가 라일라는 루퍼스를 사랑하는 것이 아니었다. 억지로 몸을 빼앗겼을 뿐이다.

그렇게 생각해 보아도 기분은 밝아지지 않았다. 가슴 안쪽이 떨떠름해졌다. 특히 그가 자신을 안은 것처럼 다른 누군가를 안을 수도 있다고 생각하니……

라일라는 필사적으로 그런 마음을 억눌렀다.

"이곳을 쓰게끔 하라고 지시하신 분도 영주님이셔. 네가 어지간히 마음에 드셨던 거겠지."

설마 그럴 리는 없었다. 루퍼스는 일시적인 기분으로 라일라를 안았다. 그리고 분명 곧바로 질리리라. 자신은 그에게 어울리는 여성이 아니었다. 그렇다고는 해도 자신은 밤에 침대로 아주 잠시 불러들여서 욕망을 발산할 뿐인 존재니까, 그와 어울리지 않아도 전혀 상관없겠지만.

그것은 그렇다 치고, 그는 어째서 나를 고른 것일까. 라일라는 아무리 생각해도 알 수 없었다.

"네 짐은 곧바로 다락 뒷방에서 가져오게 할게."

"아니요, 제가 가지러 가겠어요."

셀렌은 슬퍼 보이는 얼굴로 고개를 좌우로 내저었다.

"더 이상 너는 아무것도 해서는 안 돼. 모두 영주님 말씀대로 해야지."

라일라는 놀라서 눈을 크게 부릅떴다.

"저는…… 영주님의 허락이 없으면, 아무것도 해서는 안 되는 건가요? 이를테면 정원을 산책하는 일도……?"

"그래. 너는 영주님께서 언제 어느 때 부르셔도 괜찮도록 이 방에 있어야만 해."

셀렌은 더할 나위 없을 정도로 명확하게 라일라의 입장을 지적해 주었다. 이래서는 새장 안의 작은 새였다. 자유는 이 방 안에서만. 호화로운 방이었지만 이곳은 라일라를 가두어두는 새장일 뿐이었다.

루퍼스는 짐승이었다. 그러나 자신은 루퍼스가 기르는 작은 새인 것이었다.

라일라는 물끄러미 자신의 손바닥을 쳐다보았다. 자신이 내몰린 상황을 탄식할 수밖에 없는 것일까. 아름다운 목소리로 지저귀는 작은 새처럼.

"……알겠습니다. 여기에 있겠습니다."

셀린은 안심한 모양이었다. 라일라가 반항했다고 해도 셀렌은 설득할 뿐이었으리라. 영주에게는 아무도 거역할 수 없는 것이었다.

"그럼, 아침 식사를 가져올게. 아직 아무것도 안 먹었지?"

"예……."

자신은 줄곧 이곳에서 식사를 하게 되는 것일까. 그렇지만 루퍼스 또한 식당에서 식사를 하는 일 따위는 없었다. 분명 그 가면을 벗어야 먹을 수 있기 때문이리라. 그 때문에 반드시 식사는 반드시 자신의 거실에서 하는 모양이었다.

아아, 앞으로 나는 어떻게 될까.

그가 자신에게 질릴 때까지 이곳에 있어야만 한다. 그러나 그가 질린다면 자신은 어찌 될지 전혀 알 수 없었다.

라일라의 인생은 이미 어둠에 갇혔다고 정해진 것이나 마찬가지였다.

*　　　*　　　*

오후가 되자 라일라는 거실 창 앞에 서서 밖을 바라보았다. 다락 뒷방의 창은 작았지만, 이곳의 창은 컸다. 평소대로라면 낮 동안에는 바빠서 멍하니 밖을 바라보는 사치는 허락되지 않았다. 그리고 밤에 방으로 돌아왔을 때에는 이미 밖은 새까매져 있곤 했다.

그렇지만 지금의 라일라는 할 일도 없어서 그저 밖을 바라볼 수밖에 없었다. 하다못해 책이라도 있다면 좋았겠지만, 루퍼스의 허락 없이는 멋대로 도서실 같은 곳에 들어갈 수 없었다.

잠시 후, 무언가 소리가 났다고 생각하자 침실 문이 열리고는 루퍼스가 모습을 드러냈다. 그의 방과 공유하는 준비실에서 침실을 거쳐서 이쪽 방으로 찾아온 것이리라. 그는 가면을 쓰지는 않은 모습이었지만, 눈부신 빛으로 가득찬 방에 얼굴을 찌푸렸다.

"창과 커튼을 닫아라."

그는 어째서 자신의 맨 얼굴을 싫어할까. 상처자국 따위 대단한 것도 아닌데, 그는 그것을 지독한 것이라고 굳게 믿고 있는 것일까.

잘 알 수 없었지만 그래도 자신의 앞에서는 가면을 쓰지 않아도 된다고 생각해 주는 것이 라일라는 어쩐지 기뻤다. 어젯밤, 그 정도로 친밀하게 몸을 가까이한 상대이기에 마음도 조금쯤은 허락해 주었다고 생각했다.

물론 그 생각은 착각이고, 그는 역시 라일라 따위는 아무래도 좋을지도 모르겠지만.

말한 대로 따르자, 루퍼스가 라일라에게 다가왔다. 문득 그는 얼굴을 찡그렸다.

"너에게 드레스를 사주어야겠군."

루퍼스는 라일라의 복장이 초라하다는 사실을 깨달은 것이었다. 지금까지 자신의 옷차림을 당연하다고 생각하고 있었기에, 그런 식의 말을 듣자 긍지에 상처를 입은 것 같은 기분이 들었다.

"저는 새 드레스 따위……."

"내가 불쾌하다고 말하는 거다."

그런 말을 듣자 라일라는 주눅이 들었다. 그런 식으로 라일라를 상처 입히고도 루퍼스는 태연한 얼굴을 했다.

"재단사를 부르지. 아름다운 드레스를 몸에 걸치면 너는 훨씬 아름다워질 거야. ……그렇지 않으면 알몸 쪽이 좋겠군. 너는 어느 쪽이 좋지?"

비교할 것까지도 없는 일이었다. 라일라는 허둥지둥 대답했다.

"영주님께서 사주시는 드레스가 좋습니다."

"그렇겠지."

루퍼스는 만족스럽다는 듯이 답하고, 라일라의 뺨에 손을 가져다 대었다. 그의 손에 닿은 부분이 묘하게 뜨겁게 느껴졌다. 저도 모르게 라일라는 고개를 숙이고 말았다.

"너는 내 기분을 어지럽혀. 아아, 이런 식으로 아름다운 머리카락을 묶지 마."

루퍼스는 라일라의 머리카락을 묶었던 리본을 풀었다. 그러자 등에 풍성한 머리카락이 퍼졌다. 라일라의 머리카락이 허리까지 닿았다. 루퍼스는 그녀의 머리카락에 손을 넣고 빗겨냈다.

그 행동이 어째서인지 기분 좋아서, 라일라는 눈을 감고 황홀한 기분에 빠졌다.

"좋은 표정을 짓고 있어."

루퍼스는 라일라에게 입술을 포개왔다. 그의 혀가 들어오자 라일라는 그 혀에 자신의 혀를 휘감았다. 어젯밤, 몇 번이고 키스를 당하며 철저하게 익힌 것이었다. 이렇게 해서 그에게 순종적인 애첩이 되어가는 것이리라.

혀를 휘감고 있노라니 하복부가 찌릿 저려오는 감각을 느꼈다. 이것 또한 어젯밤 배운 것이었다. 양다리를 벌려진 채 온갖 곳에 키스를 받았다. 그리고 손가락을 집어넣고는 몇 번이나 드나들어서…….

라일라는 그의 분신이 자신의 안에 들어왔을 때의 감각까지 떠올렸다.

입술이 떨어졌지만, 라일라는 설 수가 없어서 그에게 매달리고 말았다.

"대체, 무슨 생각을 했지?"

놀리는 듯한 말에 라일라는 뺨이 새빨개졌다. 그런 말을 입 밖에 내어 말할 수 있을 리도 없었다.

"뭐, 좋아. 그건 나도 마찬가지야."

루퍼스가 허리를 밀어붙이자 라일라는 흠칫 떨었다. 그의 다리 사이가 딱딱해져 가는 것을 뚜렷하게 알 수 있었다.

"지금부터 서재에서 서류를 볼 생각이었는데…… 이런 상태로는 무리겠군."

그렇다고 해서 아직 해도 저물지 않았는데 침대로 들어가는 것은 안 될 말이었다. 라일라는 그렇게 생각하고서 루퍼스를 치뜬 눈으로 바라보았다. 그는 씨익 웃었다.

"모처럼이니까 너에게 위로받도록 하지."

루퍼스는 라일라의 손을 이끌고서 혼자 팔걸이의자에 걸터앉았다. 그리고 바지 앞 단추를 풀고, 안에서 딱딱해진 분신을 꺼냈다. 라일라는 눈을 휘둥그레 뜨고 그 분신을 응시했다.

어스름한 실내에서도 그 형태를 뚜렷하게 알 수 있었다. 어젯밤은 그다지 보이지 않았기 때문에, 이제 와서 새삼스러웠지만 라일라는 놀랐다.

저게, 내 안으로 들어왔었어?

도저히 믿을 수 없었다. 그렇지만 틀림없었다. 라일라는 그의 분신으로 몇 번이나 꿰뚫렸던 것이었다.

"네 입으로 위로받고 싶어."

"이, 입으로요……?"

라일라는 자신이 당했던 일을 떠올렸다. 루퍼스는 라일라의 다리를 벌리고, 탐하는 듯이 키스를 하고 혀로 핥았었다. 그 행위와 같은 일을 하라고 말하는 것이었다.

"저……."

목소리가 떨렸다. 할 수 없다고 말할 수 없었다. 그가 그렇게 바란다면 해야만 했다.

라일라는 뜻을 굳히고 루퍼스에게 다가간 다음, 무릎을 꿇으려 했다.

"그것만으로는 시시하겠군. 옷을 벗어."

라일라는 기가 막혔다. 루퍼스는 알몸이 되라고 말하고 있는 것이었다. 아직 해가 높이 떠 있었다. 아무리 커튼을 쳤다고는 해도, 밤도 아닌데 벗어야만 하는 것일까.

라일라는 도움을 청하는 양 루퍼스를 보았지만, 그는 명령을 거둘 생각은 없는 모양이었다. 어쩔 수 없이 앞 단추에 손을 대었다.

허름한 드레스를 바닥에 떨어뜨리자 슈미즈와 페티코트 한 장, 속바지뿐이었다. 귀부인처럼 코르셋을 입고 있을 리는 없었다. 그런 것을 입는다면 물 긷기 같은 노동은 도저히 할 수 없기 때문이었다.

"물론 전부 벗는 거야. 실오라기 하나 걸치지 않은 모습이 보고 싶어."

라일라는 루퍼스의 잔혹함에 베인 것만 같은 기분이 들었다. 떨리는 손으로 페티코트와 슈미즈를 벗고, 그런 다음 속바지를 벗었다.

저도 모르게 양손으로 가슴을 가리자 매서운 꾸중이 날아왔다.

"가슴을 가리지 마. 이쪽을 봐라."

눈물을 참으며 루퍼스가 말한 대로 따랐다. 그가 굶주린 듯한 눈빛으로 바라보자 다리가 떨리기 시작했다.

"……좋아. 이곳에 무릎 꿇어라."

라일라는 어째서인지 구원받은 듯한 기분이 들었다. 적

어도 루퍼스의 탐욕스러운 시선 앞에 드러나는 것보다 무릎을 꿇는 쪽이 훨씬 나았다. 그의 앞에 무릎 꿇고 앉자, 다리 사이에 있는 분신이 눈앞으로 다가왔다.

이것을 입으로……?

그가 말하는 위로의 방법 따위는 몰랐다. 그렇지만 아무것도 하지 않으면 분명 혼이 나리라. 라일라는 마음을 굳히고서 그것에 입을 가져갔다.

그의 다리 사이에 얼굴을 묻었다. 그의 허리에 손을 두르고, 끌어안는 듯한 자세로 필사적으로 그것에 혀를 뻗었다.

가슴이 두근거렸다. 이 얼마나 경박한 짓을 하고 있는 것일까. 그렇게 생각하면서도 자신은 흥분하고 있는 것 같기도 했다.

어젯밤, 자신이 침대에서 당했던 일을 떠올리면서 열심히 그의 분신을 혀로 핥아갔다. 사실대로 말하자면 구체적으로 어떻게 하면 좋을지 잘 몰랐지만 그도 분명 마음에 들어할 것이다.

끝부분을 핥는 사이에 문득 라일라는 그것을 입에 머금어보았다. 그가 앓는 듯이 나지막한 소리를 냈기에 황급히 입을 떼고서 고개를 들었다.

"죄송합니다. 아프셨습니까?"

루퍼스의 감색 눈동자는 퍽 부드러웠다.

"아니……. 아프지 않아. 계속해 줘."

루퍼스의 눈이 다정해진 듯한 기분이 들어서, 라일라는 살짝 안심하고서 그 행위를 이어갔다. 몇 번인가 그의 분신을 입에 머금고 있노라니 그가 위에서 말을 걸어왔다.

"좀 더 깊게 물어."

들은 대로 해보았지만 전부 다 입안에 넣을 수는 없었다. 그래도 이렇게 깊게 물면 그는 기분 좋아지리라. 처음에는 명령받아서 마지못해 시작한 일이었지만, 라일라는 점차 그 행위에 푹 빠지게 되었다.

마치 사랑하는 사람을 기쁘게 해주고 있는 듯한 착각을 하고 말았다. 루퍼스는 영주고, 자신은 협박받아서 억지로 애첩이 되었는데.

"이제 됐어……. 서라."

루퍼스의 흥분한 목소리가 들려오자 라일라는 그 말대로 따랐다. 그는 라일라의 허리를 움켜쥐더니 자신의 다리 위에 앉혔다. 마치 그를 의자로 삼고 있는 것 같아서 라일라는 당황했다.

"싫어……."

루퍼스는 낮게 웃으면서 라일라의 다리 사이를 더듬었다.

"젖었잖아. 알몸으로 내 분신을 물면서 흥분했다는 뜻이군."

정곡을 찔리자 라일라는 새빨개졌다.

"그, 그렇지는……."

루퍼스는 검지와 중지를 가지런히 뻗어서 라일라의 안쪽으로 집어넣었다.

"거짓말 하지 마. 보라고, 이렇게 간단하게 들어가잖아."

루퍼스가 말한 대로 푹푹 삽입되는 손가락에 반론할 수 없게 되었다. 게다가 그가 손가락을 넣고 뺄 때마다 음란한 소리가 들려왔다. 자신이 흥분하고 있다는 사실은 알았지만, 그렇게까지 젖어 있을 줄은 생각도 못했던 것이었다.

"이 정도로 젖었으면 괜찮겠지."

루퍼스는 손가락을 빼내더니 라일라의 허벅지 뒤로 손을 넣어 넓게 벌렸다. 무슨 일을 당할까 생각하고 있노라니, 그대로 들어 올려져 허리가 공중에 떴다. 젖어든 은밀한 부분에 그의 딱딱해진 분신이 닿았다.

"엇……. 싫어어……."

무리라고 생각했다. 이런 식으로 삽입될 리가 없다고. 그러나 루퍼스는 쭉 자신의 허리를 찔러 올렸다.

"아아앗……."

안쪽까지 루퍼스의 분신이 들어왔다. 두 사람의 허리가 완전히 포개졌고, 라일라는 해가 높이 뜬 한낮부터 그에게 안기고 있다는 사실에 기가 막혔다. 이런 일은 하고 싶지 않았다. 그렇지만 도망칠 재간이 없었다.

"정면을 봐."

고개를 들자 정면의 벽에 커다란 거울이 있었다. 옷을 입은 루퍼스의 무릎 위에 알몸인 자신이 다리를 벌리고 앉아 있는 광경이 비치고 있었다.

"눈을 피하지 말고 보고 있어. 자……."

루퍼스는 라일라의 다리를 더욱 벌렸다. 두 사람의 이어진 부분이 뚜렷하게 보였다.

"네가 내 것을 꽉 물고 있는 부분이 보이지?"

삽입한 사람은 그쪽인데 마치 라일라가 바라서 이렇게 했다는 양 루퍼스가 말했다. 뺨이 새빨개졌다. 그러나 자신이 달아오른 이유는 수치심뿐만이 아니라는 사실을 스스로도 잘 알았다.

몸의 안쪽까지 루퍼스의 분신으로 가득 차 있었다. 자신의 모든 것이 그에게 범해졌다고 생각하니 이상한 기분이 들었다, 혼까지 지배당하는 것 같은 기분이었다.

루퍼스는 라일라를 아래에서 찔러 올리는 자세로 움직이기 시작했다. 더 이상 거울 따위를 보고 있을 수는 없었다. 쾌감에 신음하는 자신의 모습 따위는 보고 싶지 않았다. 게다가 그가 움직일 때마다 라일라의 몸은 경련하듯이 떨려서 견딜 수 없는 쾌감을 맛보고 있었다.

몸도 마음도 그에게 점령당하고 말 것만 같아서 무서웠다. 그렇지만 이제 그런 것 따위는 아무래도 좋다고 생각하는 자신도 있었다.

난데없이 라일라의 몸이 들어 올려졌다. 몸을 꿰뚫고 있던 것이 빠져나갔다. 루퍼스가 자리에서 일어서더니, 빙그르 반대쪽으로 몸을 돌리고는 라일라를 의자에 앉혔다. 그러자 의자 등받이가 라일라의 눈앞에 놓이게 되었다.

루퍼스가 라일라의 허리를 끌어당겨 뒤에서 다시 꿰뚫었다.

"아앗……!"

라일라는 저도 모르게 소리를 지르며 의자 등받이에 매달렸다. 루퍼스는 라일라의 양쪽 가슴을 움켜쥐고 주물렀다.

"앗…… 악…… 앙."

정점을 손가락으로 지분거렸다. 뒤에서 몇 번이고 안까지 꿰뚫자, 라일라는 점차 자신의 몸을 도는 열기밖에 생각할 수 없어졌다.

의자의 등받이를 붙잡은 손가락 끝까지 뜨거워져 있었다. 폭풍이 몸 안을 휘몰아치고, 그 강도는 그가 찔러 올릴 때마다 강해졌다.

쾌감의 소용돌이에 온몸이 침식되었다.

"더 이상…… 더 이상 안 돼요…… 윽."

라일라는 등받이에 매달린 채 절정으로 떠밀려 올라갔다. 날카로운 쾌감이 몸을 관통해 라일라는 온몸을 굳혔다. 곧바로 루퍼스가 허리를 꾹 들이밀어 왔다. 안쪽에서 그가 터지는 감각이 뚜렷하게 전해졌다.

라일라는 여운 속에서 눈을 감았다. 너무나도 강한 쾌감이 자신을 현혹하고 있었다.

자신이 그에게 매료되는 마음은 그와 마찬가지로 단순한 욕망인지도 몰랐다. 아니, 차라리 그편이 나았다. 그에게 마음을 바쳐서는 안 된다. 그 점만은 확실했다.

루퍼스 쪽은 틀림없이 라일라를 뒤돌아보지 않을 터이기에.

라일라는 그에게 있어서 분명 다루기 쉬운 순박한 마을 아가씨일 뿐인 것이 틀림없었다.

제3장
루퍼스의 상처자국

다음 날이 되자 재단사가 찾아왔다.

마을에 있는 재단사와는 달랐다. 그녀의 복장은 매우 멋스러워서 커다란 도시에서 찾아온 듯한 분위기가 감돌았다.

재단사는 여성이었는데, 그녀는 솜씨 좋게 라일라의 신체 사이즈를 쟀다. 라일라가 허름한 드레스를 몸에 걸친 것도 그다지 신경 쓰이지 않는 모양이었다. 어쩌면 이런 일에는 익숙한지도 몰랐다. 루퍼스가 아니더라도, 달리 가난한 여자를 애첩으로 거느리는 영주가 있어도 이상하지 않았다.

재단사는 옷감이나 디자인 견본을 라일라에게 보여주며 어떤 드레스가 좋은지 물어보았다.

"저는 잘 몰라서……."

"그럼, 최신 유행 형태로 하도록 하지요."

　양장점 여주인은 쓱쓱 종이에 드레스 모양을 그렸다. 그 그림은 멋진 드레스였는데, 라일라는 자신이 그런 질 좋은 드레스를 받아도 될까 하는 생각을 했다.

"이번에 영주님으로부터 일상복이 필요하다는 이야기를 들었습니다만, 조만간 외출용 드레스나 무도회 드레스도 지어 드리고 싶네요."

　여주인이 접대용 미소를 지으면서 한 말에 라일라는 놀랐다. 이 질 좋은 옷감이 일상복용일 줄은 생각지 못했기 때문이었다. 그렇다고는 해도 영주님의 애첩쯤 되면 저택 안에서 입는 옷도 격식을 갖추어야만 하는 것이리라.

　그러나 외출용이나 무도회용 드레스를 만들 일은 없을 것이다. 루퍼스 그 자신이 무도회는 물론이고 외출 따위를 할 법하지는 않기 때문이다. 아니, 밖에 나가지 않는 것은 아니었다. 모두가 잠들어 고요해진 밤중에 그가 승마를 한다는 이야기를 들은 적이 있었다.

　어찌 되었든지 루퍼스가 제대로 된 생활을 하지 않기 때문에, 라일라에게도 그 생활에 맞추기를 요구해 올 것이다. 무도회 같은 것은 덧없는 이야기로, 결국 아무리 많은 드레스를 받는다고 해도 역시 자신은 새장 안의 작은 새였다. 그의 뜻대로 움직일 뿐이었다.

재단사는 루퍼스에게 지시를 받은 셀렌이 주문했다고 하는 속옷이나 자잘한 장신구 따위를 잔뜩 놓아두고, 드레스를 될 수 있는 한 빨리 지어주겠다고 약속하고서 돌아갔다.

홀로 방에 남은 라일라는 한숨을 내쉬었다. 자신은 앞으로 어찌 될까. 잘 차려입은 귀부인처럼 되는 것일까. 그런 자신의 모습은 도저히 상상할 수 없었지만.

애당초 자신은 무엇을 위해서 예쁜 드레스를 입어야 하는 것일까. 딱히 어딘가 가는 것도 아니었다. 저택 안에 있는 것뿐이라면 허름한 드레스라도 괜찮을 터였다. 게다가 루퍼스가 자신에게 빨리 질리게 되면 라일라를 위해 만든 드레스는 쓸모없어지고 만다.

그런 일을 생각하는 사이에 해가 기울었다. 루퍼스는 이제 일어났을 터였지만, 자신이 있는 곳으로는 얼굴을 보이지 않았다. 곧바로 서재에라도 갔을지도 몰랐다. 그러나 그편이 나았다. 어제처럼 해가 지기도 전에 그런 일을 당하기는 싫었다. 적어도 그 행위는 밤의 침대 안에서만 해주었으면 했다.

라일라 자신도 느끼고 흐트러지고 말았지만, 더 이상 그 일에 대해서는 떠올리고 싶지 않았다. 어쨌거나 그다지 루퍼스와 둘만 있고 싶지 않았다. 라일라는 그에게 거역할 수 없었고, 그는 라일라를 보면 항상 무서운 충동을 억누를 수 없는 모양이었기 때문이다.

그러나 라일라는 밤을 앞두고 마침내 지루함을 견딜 수 없게 되었다. 혼자서 방에 틀어박혀 있기는 괴로웠다. 본디 라일라는 아침부터 밤까지 일하고 있었다. 그런 자신이 아무 일도 하지 않고 방 안에 가만히 있을 수 있을 리 없었다.

방을 나와서 계단을 내려갔다. 앞쪽 계단이 아니라, 평소에 쓰던 뒤쪽 계단을 이용했다. 하인을 위한 좁은 계단이었지만 이쪽이 익숙했다. 그렇다기보다 자신이 앞쪽 계단을 이용해도 좋을지 아닐지 알 수 없었다.

아무리 겉모습을 꾸며보았자 자신은 귀부인이 아니었다. 게다가 지금은 허름한 드레스 차림이었다. 자신에게는 이쪽 계단을 쓰는 편이 어울렸다.

계단을 내려가고 있노라니 마침 올라오고 있던 쥬크와 맞닥뜨렸다. 라일라는 습관적으로 쥬크에게 웃어 보였다. 그러나 그는 얼굴을 굳히고서 멈추어 섰다.

라일라는 자신의 입장을 떠올렸다. 자신은 더 이상 허드렛일을 하는 하녀가 아닌 것이었다. 영주에게 순결이 더럽혀져서 애첩이 된 불쌍한 아가씨였다. 아니, 불쌍하다고 생각해 준다면 그나마 나았다. 쥬크의 눈에는 분노와 경멸의 마음이 드러나 있었다.

충격이었다. 지금까지 같은 편이라고 생각했던 그조차

자신을 이런 눈으로 보는 것이다. 분명, 다들 그럴 것이리라.

라일라는 자신의 몸이 더럽혀졌다는 마음을 강하게 느끼며 입술을 깨물었다.

쥬크는 옆으로 피하면서 딱딱한 목소리로 말했다.

"이 계단이 아니잖아?"

"……네?"

무슨 의미인지 몰라서 되물었다.

"이 계단은 사용인이 쓰는 것이야."

즉, 라일라는 이 계단이 아니라 앞쪽 계단을 이용해야 마땅하다고 말한 것이었다. 아니, 정확하게는 그런 것이 아니었다. 이 계단을 이용하지 말라고 말하고 있었다. 이곳은 네가 올 곳이 아니라고.

"쥬크…… 저……."

라일라는 그가 자신의 마음을 이해해 주었으면 했다. 스스로 바라서 영주의 애첩이 된 것은 아니라는 사실을 알아주었으면 했다. 쥬크는 그렇게나 상냥했으니까, 설명하면 이해해 줄 것이라고 생각했다.

그러나 그는 차가운 태도로 라일라를 뿌리쳤다.

"저에게 말 걸지 말아주시겠습니까? 영주님께 오해받으면 곤란하니까요."

루퍼스가 무엇을 오해한다는 말일까. 그러나 한 가지 명확하게 알게 된 사실이 있었다. 쥬크는 이미 라일라를 동료라고 생각하지 않았다. 친절하게 대할 가치가 없는 인간이라고 생각하며 경멸하고 있는 것이었다.

"……알겠어요."

라이라는 눈물을 삼키고 그의 곁으로 빠져나가 계단을 잰걸음으로 내려갔다. 딱히 쥬크를 사랑하고 있었다든가 그런 것은 아니었다. 그렇지만 마음 편한 사람이라고 생각하고 있었고, 다정한 사람이라고 생각하고 있었는데, 그런 그가 자신을 차갑게 대하면 상처받지 않을 리가 없었다.

루퍼스가 미웠다. 그는 그녀에게서 모든 것을 빼앗아간 것이었다.

순결도, 사람으로서의 존엄도, 그리고 앞으로 다가올 라일라의 인생도.

마을 사람이 아무리 차가운 눈초리로 보았어도, 언니들이 재촉했어도, 고용살이를 하러 가겠다고 말하지 않았더라면 좋았을 것이다.

나 역시 바라서 이곳에 온 것은 아니었다. 잡아먹힐 각오 따위는 사실 없었는데. 다들 자신이 그러길 바랐기에 그런 식으로 흘러가고 말았다.

다들 줄곧 라일라를 하잘것없는 인간이라고 생각해 왔다. 또한 그런 식으로 취급해 왔다. 그러니 자신도 그런 식으로 생각하게 되었다. 열심히 노력해도 아무도 인정해 주지 않았다. 아름답고 매력적인 언니들만이 주목받았고, 자신에게는 거의 관심을 주지 않았다.

친아버지조차 라일라는 어찌 되든 좋은 모양이었다. 어머니가 살아 계시던 무렵은 그나마 나았다. 어머니는 공평한 사람이라서 라일라 또한 사랑해 주었기 때문이었다. 그러나 어머니가 세상을 떠나고 나서는 누구도 자신을 상대해 주지 않았다고 생각했다.

짐승 영주가 있는 곳으로 가겠다는 말을 했을 때에야 간신히 인정받은 것만 같았다. 라일라는 그 한때의 기쁨만을 위해 자신의 인생을 팔아넘기고 만 것이었다. 그리고 이런 운명이 기다리고 있을 줄도 모르고서 저택에 찾아왔다.

루퍼스는 어째서 나를 내버려 두지 않았던 것일까.

그가 자신을 내버려 두기만 했다면 지극히 평범한 하녀로 지낼 수 있었을 터였다. 하지만 그의 결단이 자신의 인생을 어긋나게 만들고 말았다. 그가 라일라에게 질린다고 해도, 자신은 더 이상 이 저택의 하녀로는 돌아갈 수 없는 것이다. 아니, 그 사실은 이미 알고 있었지만 실제로 쥬크의 태도를 접해보고 나자 뼈저릴 만큼 이해할 수 있었다.

라일라는 일 층에 있는 서재로 향했다. 그리고 문을 두드렸다.

"들어와라."

잠긴 목소리가 들렸다. 루퍼스가 가면을 쓰고 있는 것

이다.

문을 열자 과연 가면을 쓴 루퍼스가 집무책상에 앉아 있었다. 그는 깃펜을 들고 서류에 무언가를 술술 쓰고 있었다.

"뭐지? 지금 너에게 용건은 없다."

루퍼스 역시 라일라를 차갑게 뿌리쳤다. 그는 욕망을 느꼈을 때 말고는 라일라에게 용건이 없는 것이리라.

라일라는 상처를 받으면서도 자신의 용건을 입에 담았다.

"지루해요. 무언가 책을 빌려주시겠어요?"

"책이라고? 너는 책을 읽을 수 있는 건가?"

라일라는 뺨을 붉게 확 물들였다. 글자를 읽을 수 없다고 여겨진 것이 굴욕적이었다.

"제 아버지는 목사입니다. 목사의 딸은 책을 읽을 수 있도록 교육받습니다."

"아아…… 그랬었지."

루퍼스는 무뚝뚝하게 말하더니, 손으로 책장을 가리켰다.

"마음에 드는 책을 고르도록 해. 내 방해가 되지 않도록 말이야."

"예……. 감사드립니다."

라일라는 분했지만 감사 인사를 했다. 이런 식으로 누구에게나 업신여겨지는 것은 자신의 운명인지도 몰랐다. 그렇게 생각하면서 책장으로 향했다.

책장에는 가죽 표지로 된 훌륭한 모양새의 책이 잔뜩 꽂혀 있었다. 라일라는 몇 권인가를 손에 들고 살펴보며 세 권의 책을 골랐다.

"그리고 괜찮다면 정원을 산책하는 것을 허락받고 싶습니다만."

"괜찮겠지. 다만 도망치면 어찌 될지 알고 있겠지?"

루퍼스는 비열한 협박을 걸어왔다. 자신이 도망쳐서 뭘 어쩔 수 있을까. 지금의 라일라에게는 아무것도 남지 않았다. 마을로는 돌아갈 수 없었다. 달리 돌아갈 장소도 없었다. 분명 아무도 환영해 주지 않으리라. 환영하기는커녕 저택으로 돌아가라는 말을 들을 것이 뻔했다.

그렇다고 해서 자신이 지금까지 나고 자란 장소를 떠나 어딘가로 갈 수 있을 거라고 말하는 것일까. 어디로도 갈 수 있을 리가 없었다. 여기서 도망쳐 보았자 가혹한 운명에서 도망칠 수 있을 리가 없었다.

"저는 도망치지 않습니다."

라일라는 딱 잘라 말했다. 새장 속의 작은 새라고 해도 하고 싶은 말은 한다. 루퍼스를 무서워해서 아무 말도 하지 못하고 있으면 분명 후회하게 되리라. 이런 식으로 자신의 존엄이 짓밟히는 대로 묵묵히 내버려 두면.

루퍼스는 머지않아 라일라의 몸에 질리리라. 그렇게 되었을 때에 조금이라도 자신에게 무언가가 남아 있었으면 했다. 자신감이라도, 존엄이라도. 무엇이든지 좋았다. 무언가를 잃어 버리게 되면, 자신이 싫어지게 되고 만다. 지금 이 상황조차 굉장히 괴로운데, 이 이상 괴로워지고 싶지 않았다.

"호오……. 도망칠 생각은 없다고?"

"예, 그렇게 말했습니다."

"나는 약속 따위는 믿지 않아. 맹세도 말이지. 그러니 네가 도망치지 않겠다고 말하면 말할수록 수상하게 여겨져."

왜 이리 의심이 깊을까. 라일라는 섬뜩해졌다. 그에게는 인간을 믿는 마음이 없는 것이었다.

그는 짐승이니까……? 아니, 달랐다. 그는 스스로 그런 마음을 버렸기 때문이다. 그는 짐승으로 지내려고 한다. 인간다운 따스한 마음을 거절하고 있다.

라일라는 루퍼스를 안쓰럽다고 생각했다. 그러나 그런 동정을 그가 싫어한다는 사실도 왠지 모르게 알 수 있었다. 짐승이니 뭐니 스스로 입에 담지만, 실제로는 누구보다도 긍지 높은 인간인 것이리라.

"믿지 않으셔도 괜찮습니다. 저는 약속을 지킬 테니까요."

라일라는 그렇게 말하고서 그에게 정중하게 인사를 했

다. 그리고 세 권의 무거운 책을 안고서 서재를 나간 뒤 이번에는 앞쪽 계단을 올랐다.

계단이나 계단 손잡이를 청소할 때 이외는 이 계단을 쓸 일이 없었다. 그렇지만 라일라는 고개를 숙이는 일 없이 꼿꼿하게 얼굴을 들었다. 그리고 천천히 힘껏 내딛듯이 계단을 올라갔다.

*   *   *

루퍼스는 라일라가 떠나가는 모습을 보자 어째서인지 안심이 되었다.

라일라와 같은 방에 있으면 이상한 기분이 들었다. 도무지 진정할 수 없어졌다. 곁으로 가서 그녀를 만지고 싶어졌다. 만지면 분명 키스도 하고 싶어질 것이고, 그다음 단계까지 진행하고 말 것이다.

이런 욕망을 억제할 수 없는 이유는 어째서일까. 생각해보면 라일라를 처음 보았을 때부터 그랬다. 절세의 미녀인 것은 아니었다. 물론 아름답기는 했지만. 그러나 아름다움 이상으로 그녀에게는 독특한 가련함이 있었다. 더러움 없는 순수함이라고 해도 좋았다.

루퍼스는 입술을 일그러뜨리며 피식 웃었다.

그 더러움 없는 순수함을 꺾은 사람은 다름 아닌 자신이었다. 그러나 무슨 수를 써서라도 그녀를 더럽히고 싶었던 것도 사실이었다. 그녀를 능욕하고, 지배하고, 멸시했는데도, 그녀는 지금도 청초하고 자신이라는 존재를 유지하고 있는 것은 기적적이었다.

좀 더 라일라를 멸시해야 마땅한가. 그러나 그런 짓을 한들 무슨 의미가 있을까. 분명히 그녀가 이 저택에 오고 나서 루퍼스는 내내 조바심이 났다. 그녀의 밝게 웃는 얼굴을 보고, 웃는 목소리를 들으며 그 모습을 얼마나 짓밟고 싶어졌던가.

그와는 반대로 그녀를 상처 입히고 싶지 않다는 마음도 조금은 있었다.

그러나 그런 이성의 목소리에 귀를 기울이지 않고 루퍼스는 그녀를 자신의 것으로 만들었다. 침대에 끌어들여 알몸으로 만들고 순결을 빼앗았다. 그것은 현기증마저 날 것 같은 쾌감이라, 루퍼스는 그 쾌감의 노예가 되고 말았던 것이다.

이럴 리는 없었는데……!

라일라에게 굴욕을 맛보여주면 그것으로 족했던 것이었다. 아주 잠시만 자신의 애첩으로 삼고, 두 번 다시 그녀가 웃을 수 없도록 하고 싶었을 뿐이었다.

그랬을 텐데, 루퍼스는 라일라를 놓을 수 없게 되었다. 아니, 조만간 그녀에게 질릴 터였다. 이것은 분명 그녀의 육체에 이끌렸을 뿐이었다. 너무도 좋았기에 다시 안고 싶다고 생각하고 만 것뿐이라.

육체는 머지않아 시든다. 아무리 아름답게 꾸민다고 해도 그것은 마찬가지다. 게다가 자신은 그녀의 육체 이외의 것에는 매력을 느끼고 있을 리가 없었다. 아름다운 것에는 반드시 그늘이 진다. 그때가 되면 그녀를 안고 싶다고 생각하지는 않게 될 터였다.

이것은 아주 잠시 동안의 일이다. 그녀에게 아름다운 드레스를 주고 가능한 한 그녀를 기뻐하게 만들자. 그런 다음, 잔혹하게 버려주겠다. 그것이 짐승 영주라고 불리는 남자에게 어울리는 행위였다.

그녀에게 깊게 빠져들어서는 안 된다. 자신은 그녀의 몸을 이용할 뿐이다. 그리고 자신을 초조하게 만드는 그 웃는 얼굴을 보지 않고 끝낼 수 있으면 그것으로 충분했다.

루퍼스는 업무로 돌아가기 위해 손에 든 서류에 시선을 떨어뜨렸다. 하지만 그녀에 대한 일이 머리에 어른거려서 도저히 집중할 수 없었다. 그녀의 방까지 쫓아가서 이 팔에 그녀를 안고 싶었다.

안 된다. 그런 짓을 하면, 점점 그녀에게 젖어들게 된다.

루퍼스는 일어서서 커튼 틈새로 밖을 내다보았다. 말에 타려면 해가 저물 때까지 기다려야만 했다. 자신의 맨 얼굴을 드러내는 것은 싫었지만 가면을 쓴 채 말을 타는 것은 내키지 않았다. 자신의 영지 안이라고 해도 남들 눈이 아무래도 신경 쓰이기 때문이었다.

그때 시야에 들어온 라일라의 모습에, 루퍼스는 일순 눈의 착각인줄 알았다. 너무나도 그녀에 대한 것만 생각해서 환상이 보이나 하고 생각했을 정도였다. 그러나 아까 그녀는 정원을 산책해도 되냐고 물어왔었다. 자신이 승낙했으니 즉시 정원으로 나온 것이었다.

라일라의 모습이 평소와는 달랐다. 루퍼스는 이렇게 커튼 그늘에서 그녀를 몇 번이고 본 적이 있었는데, 그녀는 언제나 발랄했다. 일로 지쳐 있어도, 그녀는 어딘가 생기에 차 있어서 행복해 보이기도 했다.

지금의 그녀는 달랐다. 초췌해진 인상이 있었다. 행복해 보이지는 않았다. 아니, 행복해 보였다면 루퍼스는 부아가 치밀었으리라. 자신은 그녀를 불행으로 몰아넣기 위해서 애첩으로 삼았으니까.

그렇지만 가슴에 죄악감 비슷한 감정이 치밀어 올랐다. 이런 감정은 잘못되었다. 그녀가 그 구김살 없이 웃는 얼굴을 보이지 않게 되었으니 자신에게는 좋은 일이었다. 더 이상 조바심 내지 않아도 되었다.

그러나 어깨를 축 늘어뜨린 그녀의 모습은 안쓰러웠다. 그리고 그 상태로 만든 사람은 루퍼스 자신인 것이었다.

루퍼스는 자신도 밖으로 나가고 싶어졌다. 그녀의 곁으

로 가고 싶었다. 그런 다음, 그 어깨를 안아주고 싶었다.

바보 같은…….

루퍼스는 그 생각을 떨쳐 버리려는 듯이 고개를 내저었다.

가면을 쓴 채 그녀의 곁에 나란히 서려는 것인가. 필시 우스꽝스러운 구경거리이리라. 하물며 그런 행동을 한다 해도 그녀는 결코 기뻐하지 않는다.

그렇다면 가면을 벗으면……?

그 생각도 그다지 좋게 여겨지지 않았다. 자신의 상처자국은 분명 추했지만 이제 와서는 그저 오랜 상처일 뿐이었다. 그러나 자신이 가면을 쓰는 이유는 맨 얼굴이 추하기 때문만은 아니었다. 아니, 처음 썼을 때는 그랬을지도 몰랐지만, 지금 와서는 자신의 마음속 가장 약한 부분을 감추는 수단이 되어 있었다.

다정함이나 애정 같은, 세간에서 좋은 것이라고 여기는 감정에 대해서 루퍼스는 부정적이었다. 그런 환상은 옛날 이야기 속에서만 존재하는 것이었다. 현실과는 달랐다. 설령 피가 이어진 자라고 해도, 돈이나 권력을 위해서라면 누구든지 배신하고 만다. 그 한편으로 다른 사람에게 사랑을 말하는 것이다.

그러니 사랑이라는 단어에 현혹되어서는 안 된다. 그런 감정은 새빨간 거짓말이기 때문이다. 남녀 사이에는 육체적인 욕망밖에 존재하지 않는다. 루퍼스는 줄곧 그렇게 생각해 왔고, 앞으로도 그것으로 충분했다.

자신의 본성은 짐승이었다. 자신이 제대로 된 인간이 아니라는 사실은 충분히 알고도 남았다. 마을 사람이 자신을 두고 사람을 잡아먹는 짐승이라고 두려워한다는 말을 듣고 얼마나 기뻤던가.

라일라의 모습이 수풀 너머로 사라져 갔다. 쫓아가고 싶어진 루퍼스는 창을 등졌다.

그녀를 원해…….

이 팔에 안고서 엉망진창으로 만들고 싶었다. 정원 한가운데에서 쓰러뜨리고 뜻을 이루고 싶었다. 그녀가 비명을 지르면서 도망치는 것을 쫓아가서, 울부짖는 그녀의 뒤에서 꿰뚫고 싶었다.

이런 충동은 그녀에게 빠져들었기 때문이 아니다. 그녀는 자신의 사냥감이기 때문이다.

누구에게도 넘겨주지 않는다. 내 것이다.

루퍼스는 어찌할 도리 없는 욕망을 그녀의 안에 쏟아부어 버리고 싶었다.

*   *   *

저녁 식사 시간이 되자 라일라의 방에 식사가 날라져 왔다. 어제부터 눈에 띄게 식사의 질이 좋아져 있었다. 분명 루퍼스와 같은 음식을 내어주는 것이리라.

하녀가 찾아와서 하얀 식탁보를 깔린 둥근 테이블에 몇 개인가 접시를 늘어놓기 시작했는데, 잘 살펴보니 두 종류씩 놓여 있었다.

"이건…… 영주님 몫인가요?"

라일라가 묻자 하녀는 퉁명스럽게 대답했다.

"영주님에게서 지시가 있었습니다."

그녀는 라일라보다 훨씬 연상으로 저택에서 몇 년이나 일하고 있었다. 허드렛일을 하던 라일라에게 존댓말로 말하기는 싫으리라. 그러나 라일라도 이런 식으로 존댓말을 듣는 상황이 괴로웠다.

쥬크가 냉담당하게 대했던 일을 떠올릴 것까지도 없이, 그녀의 태도로 자신의 입장을 이해해야 했던 것이다. 그러나 지금까지와는 마찬가지로 지낼 수 없다는 사실은 알았어도, 셀렌의 태도는 그다지 변하지 않았었기 때문에 라일라는 어리석게도 미약한 희망을 품고 있었던 것이었다. 모두들 억지로 애첩이 된 자신을 조금쯤은 동정해 주지는 않을까 하고.

그런 일은 없었다. 동정은커녕 라일라는 고립되었다. 동료들과 단절되어서, 고독을 사랑하는 루퍼스와 동류가 되어버리고 말았다.

하녀가 떠나고 잠시 후에 루퍼스가 방으로 들어왔다.

"당신이 저와 식사를 함께하고 싶어 하고 계셨을 줄이야……."

그에게 필요한 것은 욕망을 발산시킬 상대뿐만이 아닌 것일까. 애첩이라는 입장에 걸맞은 드레스 따위를 선물 받았다고는 해도, 다른 면에서 그가 자신을 필요로 하는 일이 있다고는 생각도 못했다.

"때로는 나 역시 다른 사람과 식사를 하고 싶다고 생각할 때가 있어도 이상하지 않겠지."

과연 그럴까. 그는 사람과의 교류를 완전히 거절하는 것처럼 보였다. 그러나 그런 그 역시 안을 상대를 원하는 것이었다. 그 상대로서 선택된 사람이 자신이었다니, 그것은 불행일 뿐이었다.

루퍼스는 혼자서 냉큼 자리에 앉고는 자신의 잔에 와인을 따랐다.

"너도 마시겠나?"

테이블에 다른 음료는 놓여 있지 않았다. 라일라는 고개를 끄덕였다. 그러자 그는 병을 기울여서 라일라의 잔에 와인을 따랐다.

라일라는 그 모습을 바라보면서 신기한 기분을 맛보았다. 오늘의 그는 어찌 된 일일까. 평소보다 다정했다.

"산책은 즐거웠나?"

루퍼스는 라일라가 정원을 걸어 다녔다는 사실을 아는 모양이었다. 그는 라일라가 밖에 있을 때는 곧잘 커튼의 그늘에서 자신을 보았었다. 오늘도 아마 그랬던 것이리라.

그가 어째서 그런 식으로 자신을 보는지는 잘 몰랐다. 이전에는 흥미를 품고서 보고 있었으려니 하고 생각했지만, 자신의 수중에 떨어진 상대를 이제 와 새삼스럽게 보아서 어찌할 것인가.

그렇지 않으면 라일라가 밖으로 나가지는 않을지 불안했던 것일까. 마을로 도망쳐 돌아가서 영주의 무도함을 호소한다든가…….

루퍼스에 대한 마을에서의 평판은 이전부터 나빴다. 젊은 처녀를 잡아먹는다고 여겨지고 있었으니, 자신의 현재 상황은 그것보다는 나았다. 순결을 빼앗기고 능욕당했다. 그렇지만 목숨은 아직 붙어 있었다.

그렇다고는 해도 이미 마음은 산산이 부서져 흩어졌다. 아니, 부서져 흩어지는 것은 앞으로 벌어질 일일까. 적어도 지금은 아직 그의 애첩으로서, 이 저택 안에서 이렇게 좋은 음식을 먹고 있다. 그리고 예쁜 드레스도 입혀주었다.

정말로 자신의 마음이 부서지는 때는 그가 자신에게 질렸을 때인지도 모른다. 주어진 것을 모두 빼앗기게 된다. 그는 그렇게 라일라의 마음을 바스러뜨리는 것이다. 저택에서 나가라고 말할까. 그렇지 않으면 다시 그 다락 뒷방으로 돌려보내 허드렛일을 하는 하녀로서 일하게 할지도 모른다.

그런 다음 그는 새로운 애첩을 만들어 이 방에 들이리라. 그리고 그녀에게 키스하고 침대에 끌어들여…….

라일라는 그런 상상을 하고는 혼자서 창백해졌다. 그런 일은 견딜 수 없다. 딱히 루퍼스를 좋아하는 것은 아니었다. 안긴 것도 강제적이었다. 그러니 그를 연인처럼 여길 리도 없었다.

그런데 라일라는 그가 다른 여자를 안는 상황을 떠올리자 어째서인지 무척이나 괴로웠다. 그런 일은 상상하고 싶지 않았다. 그런 미래는 생각하고 싶지도 않았다.

그렇다고 해도 자신이 이곳에서 그의 애첩으로서 일생을 마치는 일 따위는 상상할 수 없었다. 그런 일은 현실적이지 않았다. 게다가 애첩은 어차피 애첩일 뿐인 것이다. 아내가 아니다. 그는 머지않아 이 저택에 아내를 맞이할 터이니, 결국에는 자신의 마음이 짓밟힐 상황을 눈앞에 두어야만 하는 것이었다.

"왜 그러지? 몸 상태라도 나쁜가?"

라일라가 입을 다물고 있었기 때문에, 루퍼스는 자신의 얼굴을 들여다보는 자세로 물어왔다.

"……아니요. 죄송합니다. 멍하니 있어서. 산책은…… 그저 기분전환일 뿐이니까요. 즐겁다고 할 만한 것도 아니라서……."

무어라 말하면 좋을지 몰랐다. 잠시 동안 자유로워졌다
는 착각을 느꼈다고 말하는 것이 올바른 감상이었다.

자신은 새장 안의 작은 새였다. 그가 새장을 열어주어 밖
으로 날아올랐지만, 그곳은 닫힌 방 안이라 결국 새장 안으
로 돌아갈 수밖에 없다.

"그렇지만 신선한 공기를 마셨습니다. 그리고 꽃향기
도…… 바람의 상쾌함도 느꼈습니다."

"너는 곧잘 정원에 있었지. 벤치에 앉아서 멍하니 있었
어. 그런 너를 보고, 무슨 생각을 하고 있을까 하는 생각을
했어."

그는 그런 식으로 자신을 보고 있었던 것일까. 라일라는
그의 뜨거운 시선을 눈치채고 있었지만.

"저는…… 자주 가족에 대해서 생각했습니다. 아버지나
언니들은 제가 없어서 어쩌고 있을까 하고……."

루퍼스는 미간을 찡그렸다.

"네가 없어도 그다지 상관없겠지. 언니들이 있다면 집안
은 걱정 없겠고."

"그렇지만 어머니가 돌아가시고 나서 집안일은 제가 혼
자서 도맡아 하고 있었어요. 언니들은 교회에 기부를 받기
위해 마을의 유력자분들을 설득하러 나갔으니까요. 아버지
는 물론 마을 사람들을 돕는 일에 힘을 쏟으시느라……."

라일라는 한숨을 내쉬었다. 자신만이 그 집에서 변변한 도움이 되지 않았던 것이다.

"다들 너에게 바쁜 역할을 떠넘겼군."

루퍼스의 말에 라일라는 놀랐다.

"그렇지 않아요! 확실히 바빴지만, 저는 교회를 위해서 일한 게 아니었고……. 많은 마을 사람들이 아버지를 잘 따랐습니다. 언니들은 아름다워서 다들 칭찬의 대상이었어요."

"그리고 너는 집안일을 할 뿐, 아무에게서도 평가받지 못했어."

그 말 그대로였다. 그래서 라일라는 반론할 수 없었다. 자신은 평가받을 만한 능력도, 언니들 같은 아름다움도 지니지 않았으니.

루퍼스는 짜증스럽게 라일라를 노려보았다.

"언제나 너는 스스로 손해만 보고 있어. 네가 아무리 저택 안을 바쁘게 움직인다고 해도 받을 수 있는 급료는 똑같아. 그런데도 매일 녹초가 될 때까지 일했지. 다른 사람의 일을 대신 떠맡는다던가, 남자가 해야 할 힘쓰는 일을 한다던가……."

라일라는 눈을 동그랗게 뜨고서 그를 바라보았다. 그가 그런 일까지 알고 있을 줄은 몰랐던 것이었다.

"저기…… 어째서, 그런 일까지 알고 계시죠?"

일순, 루퍼스는 울컥한 듯이 입을 꾹 다물었다.

"나는 이 저택의 주인이다. 하인이 얼마나 일하는지 정도는 알고 있어. 게다가 보고해 주는 사람도 있고 말이지."

그 사람은 누구일까. 셀렌일까.

"저는 제가 할 일을 했을 뿐입니다. 그렇게 손해 본 것은 아니라고 생각해요. 셀렌 씨도 때때로 쉬어도 좋다고 말해 주었고요."

"다른 사람은 요령 좋게 게으름을 피웠는데 말인가? 너뿐이다. 바보같이 정직하게 일하며, 자신의 일을 떠맡긴 상대에게도 붙임성 있게 웃어준 사람은. 너는 손해 보고 있어. 다른 사람에게 희생되고 있는데, 깨닫지도 못하나?"

마치 그는 라일라를 위해서 화를 내는 것처럼 보였다. 아니, 그럴 리는 없으리라. 그 역시 라일라를 이용하는 것이나 매한가지다. 어쩌면 자신 이외의 누군가가 라일라를 이용했다는 사실을 용납할 수 없는지도 몰랐다.

라일라는 고개를 내저었다. 어느 쪽이든지 간에, 그가 라일라를 걱정 따위 할 리가 없었다.

"제가 손해를 보고 있다고 해도 그다지 상관없지 않나요. 확실히…… 약삭빠른 사람도 있습니다. 그렇지만 그 정도의 일로 제가 희생이 되었다고는 생각지 않습니다."

짐승 영주에게 제물로서 바쳐진 것 이상으로 희생되었다고 생각할 일은 없기 때문이었다. 마을 사람도 아버지도 언니들도, 라일라에게만 책임을 지웠다. 라일라라면 잡아먹혀도 상관없다고 여겼던 것이었다.

그에 비하면 일을 떠넘기는 것 정도는 대단한 일이 아니었다. 적어도 라일라에게는.

"네 아버지인 목사님도, 아름다운 언니들이라는 것들도 너를 희생시켰어. 네가 가사를 책임지고 있는 일에 누군가 감사해했었나?"

"아니요……. 그렇지만 저는……."

"이제 그만 인정해라. 어차피 너는 집에서도 아침부터 밤까지 손을 놓지 않고 일하고 있었을 터. 그렇다면 그 일을 감사받고 칭찬받아 마땅하지."

"그럼, 당신은 저를 칭찬해 주실 건가요?"

루퍼스는 라일라를 물끄러미 바라보았다. 그의 감색 눈동자가 자신을 바라보자 뺨이 제멋대로 붉어지고 말았다.

"너는 어리석구나."

라일라는 얼굴을 굳혔다. 그도 역시 칭찬 따위는 해주지 않는 것이었다.

"너는 좀 더 영리하게 처신해야 마땅해. 다른 사람에게 짓밟히지 않도록."

지금 자신을 짓밟고 있는 사람은 루퍼스 본인이었다. 그 사실을 깨닫지 못한 것일까.

"제가 조금 더 영리하게 처신할 수 있었다면 지금 여기에는 없었겠죠."

루퍼스는 비웃음 어린 미소를 입술에 띠웠다.

"그렇군. 짐승 영주에게 잡아먹힌다는 소문을 들었으면서도 이곳에 찾아왔으니 말이지."

"저, 다른 일은 어찌 되든 좋습니다. 이용당했다고 해도 일하는 것은 싫지 않으니까요. 다만 마을에 있는 모두가…… 저를 희생양으로 삼아도 좋다고 생각했다는 사실이…… 무척이나 유감입니다."

라일라는 본심을 입 밖으로 냈다. 아무리 마음속으로 생각하고 있었다고는 해도, 지금까지 결코 남에게는 꺼내지 않았던 말이었다.

"밉다고는 생각하지 않나? 다들 너를 업신여겼어. 용서할 수 없다고 생각하지 않나?"

루퍼스는 라일라를 부추기려는 듯이 말했다.

"밉다든가, 용서할 수 없다든가……. 저는 그런 식으로 생각하기는 싫습니다. 문득 그렇게 생각하고 싶어지기도 하지만…… 그렇게 생각해 버리면 자신 쪽이 괴로워지니까요."

자신의 마음속에 있는 진심을 말한 것이었는데, 그는 깔보는 듯이 웃었다.

"과연, 목사의 딸이로군. 그렇게 아름다운 마음을 지녔다고 해도 하나님은 도와주지 않아. 지금 네가 아무리 올바르게 살아가려 하고 있다 해도 결국 너는 나에게 순결을 빼앗겨서 애첩이 되었지."

확실히 그랬다. 그 일에 관해서는 그가 말한 대로였다. 그러나 당사자인 그에게 그런 말을 듣고 싶지는 않았다.

"저는 아름다운 마음을 지닌 게 아니라 겁쟁이일 뿐입니다. 거짓말을 하면서도 태연한 사람은 있습니다. 그렇지만 저는 그렇게 태연하게 있을 수 없으니 거짓말을 못합니다. 남의 것을 훔치거나, 사람을 죽여도 태연한 사람은 있겠죠. 그렇지만 저는 태연할 수 없으니 그런 일은 하지 않습니다. 단지 그뿐입니다."

루퍼스는 어깨를 으쓱였다.

"그렇다면, 나에 대해서는 어떻게 생각하지? 네 몸을 빼앗은 남자야. 밉지는 않나?"

라일라는 루퍼스와 시선을 맞추었다. 본래대로라면 미워해야 마땅하다는 사실은 알았다. 그러나 미워한다는 감정은 전혀 샘솟지 않았다.

그는 앞으로 남은 라일라의 일생을 헛되이 만들었는데도⋯⋯.

그에게 안겨서 라일라는 정신이 아득해질 것만 같은 쾌감을 느꼈었다. 그 감각은 키스 당했을 때도 그랬던 것이었다. 순수하게 육체적인 반응이라고는 생각할 수 없었다.

그의 감색 눈동자를 바라보는 사이에 자연스럽게 라일라

의 뺨이 달아올랐다.

"저…… 당신을 미워하거나 하지는 않아요……."

루퍼스는 기묘한 것을 보는 듯한 눈빛으로 이쪽을 바라보았다.

"너는 나를 좋아하나?"

"……좋아하지 않아요!"

저도 모르게 그의 말을 부정했다.

좋아하지 않는다. 좋아할 리가 없다. 그렇게 생각하면서도 라일라는 그에게 이끌리고 있다는 사실을 부정할 수 없었다.

"그런가……. 내 얼굴은 이렇게도 추하니까 말이지."

루퍼스는 입매에 냉소를 띠웠다.

"추하지 않습니다! 절대로……!"

숨을 헐떡이며 그렇게 잘라 말했지만, 루퍼스의 얼굴에서는 웃음기가 싹 사라져 있었다. 그의 기분을 상하게 했다는 사실은 곧바로 알았다. 그러나 그의 얼굴은 추하다고는 말할 수 없었고, 그도 그런 식으로 말하지 않았으면 했다.

왜냐하면 정말로 그는 추하지 않기에. 어째서 그렇게 생각하는지 라일라는 몰랐지만.

"호오. 네 눈에는 추하게 보이지 않는 건가."

"예……."

라일라는 경계하면서도 그렇게 답할 수밖에 없었다.

"뭐, 상관없나. 그렇지만 나는 짐승 영주라고 불리고 있어. 그건 짐승 가면을 쓰고 있기 때문만은 아니야."

"무슨 의미죠?"

"곧 알게 되겠지."

루퍼스는 그렇게 말하더니 갑자기 입을 다물었다. 그의 몸은 이곳에 있는데, 마음은 어딘가로 가버린 것 마냥 라일라를 완전히 무시하고 있었다. 라일라는 그런 그에게 곤란해하면서도, 무리하게 대화할 필요는 없지 않나 하고 생각했다.

라일라의 현재 업무는 그의 이야기 상대가 아니었기 때문이었다. 침대에서 자신의 몸을 내어주면 그는 그것으로 만족할 것이었다. 그는 분명 라일라와 이야기하지 말았어야 했다고 후회하고 있는 것이 틀림없다.

이윽고 식사가 끝났다. 말없이 루퍼스는 라일라를 빤히 바라보았다.

"저기…… 식기를 치우도록 할까요."

라일라는 일어서서 하녀를 부르는 끈을 당기려고 했다. 그릇을 치워달라고 하기 위해서 일일이 누군가를 부르고 싶지는 않았지만, 셀렌에게 그렇게 하라는 말을 들었다. 라일라가 스스로 치우려고 한다면, 루퍼스의 기분을 상하게 할 거란 모양이었다.

라일라의 입장에서 보면 자신이 먹은 것 정도를 스스로

치우는 것은 당연한 일이었지만. 영주의 후계자로서 자란 루퍼스에게는 견디기 어려운 일일까.

"아무도 부르지 않아도 돼. 곧 치우러 오겠지."

루퍼스는 라일라의 팔을 붙잡더니 자신의 침실 쪽으로 데려가려고 했다. 막 식사한 참인데 벌써 침대로 갈 셈인 것일까. 라일라에게는 그를 막을 권리가 없었지만, 그다지 마음은 내키지 않았다.

침실은 어두웠다. 그는 암흑 속을 태연히 나아가 테이블 위에 있던 촛대의 양초에 불을 붙였다. 그는 밤눈이 밝은 것이다. 그렇지 않았다면 아무리 달이 떴다고 해도, 일부러 밤중에 승마를 하려고 생각하지는 않을 터였다.

루퍼스는 라일라의 어깨를 안고서 침대로 데려갔다. 어스름한 실내에서 둘만 있게 되자 라일라는 긴장했다. 이미 몇 번이나 안겼으니 이제 와 새삼스럽게 긴장하는 것은 이상할지도 몰랐지만, 역시 그는 독특한 분위기를 뿜어내고 있어서 그의 곁에 있는 것만으로도 두근거리는 것이었다.

곧바로 키스당하는 것인가 하는 생각에 라일라는 몸을 사렸지만, 그러지 않고 그는 라일라를 앉히더니 그 곁에 자신도 앉았다.

"쥬크와는 키스했나?"

난데없이 쥬크의 이름이 나오자 라일라는 놀랐다.

"아니요. 쥬크는 그런 짓은 하지 않았습니다."

"그렇지만 꼬드겨진 적 정도는 있겠지."

"다정하게 대해주었습니다. 그렇지만 그뿐입니다. 그저 친구 같은 관계였으니까요."

루퍼스가 어째서 쥬크와 자신 사이에 그런 관계가 있다고 생각했는지, 라일라는 신기했다. 그런 일은 있을 수 없었다.

"남자가 여자에게 다정하게 대하는 것은 저의가 있을 때뿐이야."

"저의…… 라니요?"

루퍼스는 어처구니없다는 듯이 말했다.

"그 여자를 안고 싶을 때 친절하게 대해주는 거지. 착각한 여자는 남자에게 몸을 맡기게 된다는 이야기다."

쥬크는 그런 사람이 아니라고 라일라는 생각했다. 그는 매우 친절한 사람이라고. 그렇지만 실제로 라일라가 루퍼스의 애첩이 되었을 때, 그의 태도는 바뀌어 있었다. 그 이유는 단순히 라일라가 경멸스러운 존재가 되었기 때문이라고 생각했지만, 어쩌면 그렇지 않았을지도 모른다.

어찌 되었든 간에 슬픈 일이었다. 자신은 쥬크를 친구 이상으로는 생각하지 않았지만, 루퍼스가 라일라의 순결을 빼앗지 않았더라면 이렇게 되지는 않았을 것이기 때문이었다.

"당신도 누군가에게 친절하게 대하시나요?"

라일라의 질문에 루퍼스는 웃었다. 그러나 라일라는 무엇이 우스운지 잘 알 수 없었다.

"마치 네가 질투하는 것처럼 들렸어."

"질투라니요!"

그는 착각하고 있다. 확실히 그에게 이끌리는 부분은 있었다. 맨 처음 만났을 때부터 그랬다. 그렇지만 질투할 정도의 마음은 아니라고 생각했다.

"그럼 질문에 답하지. 이런 상처를 입기 전에는 얼마든지 여자 쪽에서 다가왔어. 친절하게 대할 필요 따위는 없을 정도로 말이지."

라일라의 가슴에 따끔따끔 불쾌한 감각이 샘솟았다. 저도 모르게 입술을 꾹 다물고 말았다. 그 모습을 보고 루퍼스는 피식 웃었다.

"상처를 입고 나서는 멀리 있는 마을까지 여자를 사러 갔지. 마을에서는 소문이 나니 말이야. 돈만 치르면 창부는 내 얼굴의 상처 따위는 신경도 쓰지 않아. 친절하게 대하지 않아도 누구나 내 뜻대로 봉사해 주지. 이를테면……."

"그만둬요!"

라일라는 자신의 귀를 막았다. 그가 안았던 여자의 이야기 따위는 듣고 싶지 않았다. 그는 어째서 그런 이야기를 일부러 자신에게 들려주려고 하는 것일까.

루퍼스는 라일라의 양손을 붙들고 그녀의 얼굴을 들여다

보았다. 그의 입가에는 차가운 웃음이 떠올라 있었다.

"재미있군. 역시 너는 질투하고 있는 거야. 고작 몇 번 안겼을 뿐인데 내 아내라도 된 기분인 거군."

라일라는 그가 입에 담지 않은 말이 귀에 들린 것 같은 기분이 들었다.

너 따위는 질리면 언제든지 내버릴 수 있는 애첩이라고.

라일라는 입술을 떨면서 그의 손에서 벗어나려고 했다. 그러나 그의 힘은 강해서 결코 라일라를 놓아주지 않았다.

"화났나? 그렇지만 그편이 나아. 잠자코 시키는 대로 하는 단순한 인형보다는."

"다…… 당신은…… 저에게 순종적인 애첩이 되길 바라는 게 아닌가요……?"

"그럴 셈이었지. 그러나 순종적이기만 해서야 시시해. 적당히 저항해서 나를 즐겁게 해주어야지."

라일라는 그가 하는 말을 잘 이해할 수 없었다. 어쩌면 놀리고 있는 것일까. 그렇지만 그에게 모욕당하고 있다는 사실은 확실한 듯했다.

질투라니…….

그렇지만 그렇게 생각하면서도, 라일라는 루퍼스가 자신 이외의 누군가를 안는 장면을 상상하고 싶지 않았다. 무슨 일이 있어도 싫었다. 굴욕적인 일을 당하고 있다고 생각하면서도, 그가 자신을 언제든지 갈아치울 수 있는 존재라고 생각한다는 점이 싫은 것이었다.

그래서야 그도 마을 사람들과 마찬가지였다. 라일라가 잡아먹혀도 상관없다고 생각했던 사람들과.

몸을 섞은 상대까지 업신여기는 건 견딜 수 없었다. 아내인 척한다고 야유받는다 해도 어쨌거나 싫었다.

"당신은 저를 농락하고 싶을 뿐이지요?"

루퍼스는 악마 같은 미소를 보였다.

"그렇지. 무엇보다 이 저택에는 기분을 전환할 것이 없어. 지루해서 견딜 수 없던 참에 네가 찾아왔지. 순진한 척하는 목사의 딸이."

라일라는 표정을 굳혔다. 그가 하는 말은 너무도 지독했다. 몸을 바라기만 할 뿐이라면 그나마 나았다. 그러나 그는 라일라를 애첩으로 삼은 일을 단순한 심심풀이라고 말했다.

순진한 척하는 목사의 딸…….

루퍼스는 그런 식으로 생각했던 것인가. 라일라는 눈물을 참을 수 없었다. 견디려고 해도 뚝뚝 방울져 떨어졌다.

"이런, 너무 괴롭힌 모양이군. 그럼 조금 상냥하게 대해줄까. 짐승 같은 나라도 괜찮다면 말이지."

루퍼스는 라일라의 뺨에 키스를 하고서 눈물을 닦아냈다.

"그…… 그만둬요. ……윽."

흐느끼면서 라일라는 저항했다. 그러나 금세 침대에 밀려 넘어지고 말았다. 그리고 입술을 빼앗겼다.

그러나 그것은 평소에 하던 억지스러운 키스는 아니었다. 마치 라일라를 달래는 양 다정한 키스였다.

어째서……?

그는 어째서 이렇게까지 나를 괴롭히려고 하지?

라일라는 그가 정말로 냉혹한 사람인지, 그렇지 않으면 사실은 다정한 마음이 있는 건지 알 수 없게 되었다.

그에게도 양심이 있다고 믿고 싶었다. 분명 횡포가 심하고 지독한 사람이라고 생각했지만, 결코 그것뿐만은 아닌 기분이 드는 것이었다. 그가 이렇게 된 것은 무언가 이유가 있어서, 그리고 그것이 원인이 되어 이런 식으로 행동할 뿐 본심은 좀 더 다정한 것이 틀림없다.

아무런 근거도 없었고 설령 그렇다고 해도 루퍼스 본인은 절대 그런 일은 인정하지 않으리라. 라일라가 그 생각을 입 밖으로 내어 말한다면, 그는 분명히 비웃을 것이 틀림없었다. 그리고 신랄한 말을 내뱉으리라.

"자, 옷을 벗을 시간이야."

루퍼스는 라일라가 걸쳤던 의복을 한 꺼풀씩 벗겨내었다. 금세 라일라는 알몸이 되었다. 라일라는 그의 뜨거운 시선을 느끼고서 저도 모르게 몸을 떨었다.

무서운 것이 아니었다. 지금부터 할 일을 기대하는 마음이 있었기 때문이었다. 그는 분명 또다시 라일라를 절정으로 몰아넣으리라. 그것만은 확실했다. 억지로 안았던 때에도 그는 자신만 쾌감을 좇는 행동은 하지 않았다.

루퍼스는 라일라의 나체에서 시선을 쓱 피하고는 자신의 웃옷에 손을 대었다. 그가 자신의 옷을 벗는 모습을 라일라는 멍하니 바라보았다.

그는 행위를 할 때에도 옷을 벗거나 하지 않았다. 라일라를 전부 벗겨도 자신만은 절대로 벗지 않았다. 알몸이 되어서 서로 부둥켜안을 정도로 라일라에게 가치를 두지 않는 탓이라고 생각했지만 그렇지도 않았던 것일까.

그는 라일라의 눈앞에서 의복을 벗어갔다. 그가 셔츠를 벗었을 때 라일라는 깜짝 놀랐다.

그의 탄탄한 몸에는 끔찍한 상처자국이 있었다. 하나가 아니었다. 몇 군데나 날붙이로 베인 상처가 있었다. 특히 가슴에서 옆구리에 걸쳐서 비스듬히 그어진 상처자국이 가장 컸다. 라일라는 눈을 휘둥그레 뜨고서 그 상처자국을 응시했다.

루퍼스는 그런 라일라에게 시선을 향하고 무뚝뚝한 말투로 말했다.

"어떠냐? 이렇게 추한 몸에 안기기는 싫어졌나?"

아무렇지도 않게 물었지만, 라일라는 그가 긴장하고 있다는 사실을 알았다. 그는 라일라의 답을 두려워하고 있었다. 라일라의 착각이 아니라면 아마도 그럴 것이다.

그는 자신의 상처자국에 지나친 부담감 같은 것을 품고 있는 모양이었다. 그러나 라일라는 상처 자체가 딱히 추하다고 생각되지 않았다.

"……아니요."

라일라는 몸을 일으켜 그의 상처자국을 좀 더 가까이에서 보았다. 예전에 입은 상처인 모양이었다. 당시에는 분명 잔뜩 피가 나와서, 심각한 처지에 놓였던 것은 아니었을까.

"만져도 되나요……?

루퍼스의 턱에 힘이 들어갔다. 그가 거절할지도 모른다고 생각했지만 그렇지는 않았다.

"좋아. 만질 수 있다면 말이지."

라일라는 손을 뻗어서 가장 심한 상처자국을 살며시 만졌다. 그의 몸이 일순 흠칫 떨렸지만, 라일라는 상처자국을 따라 손바닥을 미끄러트렸다.

이런 상처자국 따위는 신경 쓰지 않아도 된다는 사실을 안다면, 그는 좀 더 편하게 살아갈 수 있을 터였다. 이렇게 속세를 버린 사람처럼 살지 않아도 되는 것이었다.

라일라는 그에게 그 사실을 알려주고 싶었다.

"무리하지 않아도 돼."

"저…… 상처자국이 추하다고는 생각하지 않아요."

슬쩍 고개를 숙이고 그 상처자국에 키스를 하려고 했다.

그러나 그러기 전에 루퍼스는 라일라를 밀쳐 냈다.

"상처자국이 추하지 않다고? 그런가. 그렇다면 너에게도 새겨줄까!"

루퍼스는 일어서더니 거실로 향했다. 그리고 그곳에서 돌아왔을 때에 그는 단검을 손에 들고 있었다.

그가 보석이 박힌 단검을 검집에서 뽑더니 라일라에게 들이밀었다.

그는 진심일까. 그런 상처를 라일라의 몸에 새기겠다고 말하는 것인가.

단검을 들이밀자 역시 무서웠다. 그는 어딘가 상식에서 벗어난 부분이 있었다. 그래서 결코 단순한 협박으로 볼 수는 없었다.

루퍼스는 단검을 라일라의 몸이 아니라 얼굴로 들이밀었다. 그리고 씨익 웃었다.

"나와 같은 상처를 그 뺨에 새겨주지. 물론, 너는 그래도 상관없을 거다. 그렇겠지? 추하지 않으니 말이야."

라일라가 겁먹는 모습을 그는 기대하고 있었다. 그리고 라일라가 자신의 얼굴에 상처 따위를 새기지 말라고 울면서 애원할 꼴을 기대하는 것 같은 기분이 들었다.

그는 자신의 얼굴이나 몸의 상처자국을 추한 것이라고 해두고 싶은 것이다. 그럴 만한 이유가 분명 그에게는 있으리라. 라일라가 상처를 꺼리면, 상처자국이 추하지 않다고

한 그녀의 말은 거짓이라는 뜻이 된다. 그는 라일라의 말을 일시적인 위로일 뿐이라고 해석하고 싶은지도 몰랐다.

순진한 척하는 목사의 딸이 입에 발린 말로만 위로하려 들었다고.

그리고 그는 또다시 라일라를 비웃을 것이다.

아아, 그런 상황은 견딜 수 없다. 그렇지만 누구라도 일부러 얼굴에 상처를 내고 싶어 하지는 않는다. 하물며 자신은 미혼인 아가씨이니까.

그렇지만…… 앞으로 내가 결혼하게 되는 일이 있을까.

분명 없을 것이 뻔했다. 순결을 빼앗기고 영주의 애첩이 되었다. 자신의 몸은 이미 깨끗하지 않았다. 결혼은 할 수 없을 것이고, 이 애첩의 자리에서도 언젠가는 쫓겨나 버리고 말 것이다.

그리고 마을로 돌아갈 수 있을지 없을지도 몰랐다. 돌아갈 수 있다고 해도, 예전처럼 행복하게 살 수는 없을 것이 틀림없다.

라일라는 새파랗게 질린 얼굴로 루퍼스가 손에 쥔 단검을 바라보았다.

이미 자신의 인생은 파멸했다. 상처를 입은들 아무것도 바뀌지 않는다. 자신에게 상처자국이 새겨지면 그도 납득해 줄지 모른다. 상처자국은 추하지 않다고 했던 말은 거짓이 아니었다고.

루퍼스는 단검 자루를 라일라 쪽으로 내밀었다.

"용기가 있다면, 스스로 얼굴에 상처를 내라."

무슨 말을……!

그는 나에게 그렇게까지 희생을 강요할 셈일까?

라일라는 떨리는 손으로 단검을 받아들었다. 그는 물끄러미 라일라가 하는 행동을 보고 있었다. 아까 전까지 입가에 떠올리고 있던 냉소는 이미 사라졌다. 입술을 굳게 다물고 엄격한 표정을 짓고 있었다.

라일라는 단검을 자신의 얼굴로 향했다. 왼쪽 뺨. 광대뼈 언저리를 가르는 듯한 상처.

피가 나올까. 아플까.

라일라는 눈을 꾹 감았다. 그리고…….

"그만둬!"

루퍼스가 라일라의 손에 든 단검을 쳐서 떨어뜨렸다. 단검은 침대에서 굴러 떨어져서 바닥을 뒹굴었다.

"이제 됐어. ……알겠다."

루퍼스는 라일라의 몸을 끌어당겨서 꽉 부둥켜안았다.

"네 얼굴에도, 몸에도, 상처 하나 입게 하지 않겠어!"

라일라는 안심한 몸에서 힘이 빠져나가는 감각을 느꼈다. 역시 무서웠던 것이다. 자신의 얼굴에 상처를 내는 일은.

나는…… 그에게 신용을 얻은 것일까?

진심으로 상처자국 따위는 추하지 않다는 사실을 알아주었을까.

라일라는 그의 등에 손을 둘렀다. 만져 보고서 알았지만 그의 상처는 등에도 있었다. 대체 얼마만큼 상처가 있는 것일까. 라일라는 섬뜩해졌다.

라일라는 등의 상처를 쓰다듬으면서 물었다.

"누가 이런 짓을 했어요……? 싸움이라도 했나요?"

"아니……. 숙부가 보낸 자객에게 당했어. 하마터면 목숨을 잃을 뻔했지."

"숙부님이라니……. 선대 영주님이셨던……?"

루퍼스는 몸을 굳혔다. 또다시 그의 마음이 닫히려고 한다. 라일라는 직감적으로 그렇게 생각하고, 자신이 한 말을 주워 담고 싶어졌다.

그렇지만 루퍼스는 생각을 고친 듯이, 몸에서 힘을 빼고 한숨을 쉬었다.

"정당한 선대 영주는 내 아버지야. 아버지는 내가 어린 시절에 돌아가셨고, 내가 새로운 영주가 되었지. 그러나 내가 어린아이였던 탓에 숙부 일가가 이 저택에 몰려들어 왔어. 어쨌거나 나는 어머니도 일찍 여의었으니까."

"그럼…… 숙부님이 영주처럼 행세하고 있었던 것은 잘못된 일이었나요?"

"그 말대로야. 할아버지에게서 어느 정도의 재산을 물려

받은 숙부에게는 더 이상 아무런 권리도 없었지. 그는 내 후견인 자격으로 찾아왔는데, 나를 다른 저택으로 옮겼어. 그리고 유모에게 나를 맡기고 자신은 이 저택에서 영주처럼 지내기 시작했지. 나는 사용인들에게 둘러싸여 자랐지만, 그게 싫지는 않았어. 유모는 다정해서 나를 친어머니처럼 키우며 교육시켜 주었기 때문이지."

그래도 그는 이 저택에서 살 권리가 있었다. 그리고 후견인인 숙부에게는 그의 뒤를 돌봐줄 의무가 있었는데.

아니, 그렇게 터무니없는 숙부라면 함께 살지 않은 것이 다행이었는지도 몰랐다. 적어도 그는 다른 저택에서의 생활을 마음에 들어 했던 모양이니까.

"그러나 숙부는 내가 성인이 되어서도 이 저택을 넘겨주고 싶지 않다고 생각하게 되었지. 권력과 돈을 손에서 놓고 싶지 않았던 거야. 그 때문에 자객을 보내왔어. 유모는 나를 감싸다가 목숨을 잃었어. 그래서 나는 도망쳤지."

루퍼스의 유모는 어머니와 마찬가지인 사람이었는데⋯⋯.

라일라는 그가 얼마만큼 탄식하고 슬퍼했을까 생각하자 가슴이 조여드는 듯한 느낌이 들었다.

"그건⋯⋯ 당신이 몇 살 때 생긴 일이었어나요?"

"열세 살이었나. 나는 도망쳐서 여기저기를 방랑했어. 살기 위해서 일했지만, 거기까지 자객이 쫓아왔지. 이 상처는 내가 성인이 되기 조금 전쯤에 생긴 거야. 당시 나는 커다란 저택에서 마구간지기로 일하고 있었어. 그때는 방심했던 거겠지. 주점에서 막 받은 급료를 술 몇 잔으로 바꾼후, 들뜬 기분으로 마구간으로 돌아가려고 했어. 그때 몇명인가 남자에게 습격을 받았지."

"몇 명인가? 한 사람이 아니었나요?"

상황을 떠올려 보니, 무척이나 무서웠다. 밤의 어둠에 뒤섞여 여러 명의 남자들에게 둘러싸인 루퍼스의 모습이 뇌리에 떠오른 것이었다.

"취하기는 했어도 한 사람이라면 대처할 수 있었어. 하지만 여러 명의 남자에게 습격 받아서 나는 도망쳤어. 목숨이 위태롭다는 사실을 알았으니 말이야. 그러나 도망치긴했지만 이 꼴이 되었어. 우연히 사람이 지나가지 않았더라면 나는 정말로 죽었겠지."

"그렇지만…… 이렇게나 잔뜩 상처를 입고 많은 피를 흘렸잖아요? 나중에 열이 나거나 하지는 않았나요."

"그래, 열이 났어. 상처 입은 부분이 부어올라서 여차하면 목숨을 잃을 뻔했지. 너는 추하지 않다고 말했지만, 맨처음 상처를 입었을 때에는 정말로 추한 꼬락서니였어. 특히 얼굴이 말이지……. 붕대를 풀었을 때에는 지금까지 다가오던 아가씨들이 무서워서 얼씬도 하지 않게 되었어. 괴물이라고 험담도 들었지."

라일라는 그의 어깨에 뺨을 바싹 가져다 댔다. 그리고 등을 쓰다듬었다. 그를 달래려 하다니 불손한 생각일지도 몰랐지만, 조금이라도 그의 마음을 치유해 주고 싶었던 것이었다.

"지금은…… 괴물 따위가 아니에요. 당신의 얼굴은 상처 자국이 있긴 해도, 아름답다고 생각하는걸요."

"아름답다고?"

루퍼스가 곤혹스럽다는 듯이 웃었다.

"아름다워요……. 상처자국은 유감스럽지만, 그런 것은 신경 쓰이지 않을 정도로요……."

"그렇게 생각하는 사람은 오직 너뿐인지도 몰라."

"가면을 벗어보면 알 거예요. 여성이라면 다들…… 당신을 황홀하게 바라볼걸요."

될 수 있으면 그를 자신만의 것으로 남겨두고 싶었다. 그렇지만 좁은 마음으로 질투하기보다 그가 행복해지는 쪽이 중요하다고 생각했다.

"그럴까. 나는 그렇게 생각하지 않는데."

루퍼스는 완고했다. 자신의 의견을 바꿀 생각은 전혀 없는 모양이었다.

"그렇지만 저는 당신을 아름답다고 생각해요……. 아름다운 짐승이에요. 저기, 가면을 쓰게 된 이유는 상처를 입었기 때문이에요?"

"아니……. 처음에는 가면이 아니라 붕대나 천으로 감추고 있었어. 나는 내 것을 전부 빼앗아간 숙부를 용서할 수 없었지. 이 저택도 영지도 내 것인데, 숙부는 멋대로 자신의 것으로 삼으려 했어. 그의 죄를 폭로하기 위해서 나는 돈을 벌었지."

"어떻게 해서요……?"

"처음에는 상인의 호위꾼 같은 일을 했어. 실력에는 자신이 있었으니 말이지. 그런 다음엔 도박을 했지. 차곡차곡 돈을 모아 신용할 수 있는 남자를 고용해서 숙부의 주변을 조사시켰어. 그리고 숙부가 영주인 내 돈을 써서 나에게 자객을 보냈다는 증거를 모아, 국왕 폐하께 정당한 영주라는 사실을 인정받기 위해 호소했지."

"그래서 숙부님은 붙잡혀서 처형을 당했군요……. 가족들도 저택에서 쫓겨나고……."

루퍼스는 코웃음을 쳤다.

"마을 사람은 그 작자를 잘 따랐던 모양이로군. 그런 극악한 인간을."

"그렇지만 극악한 사람인 줄은 몰랐는걸요. 그분은 가난한 마을 사람에게 적선해 주었고, 교회에도 잔뜩 기부를 해주었어요. 영지민에게는 친절하게 대해주었고요."

마을 사람은 정당한 영주가 누구인지까지는 그다지 흥미가 없었던 것이었다. 어쨌거나 자신들에게 친절하게 대해

주면 좋은 영주라고 생각하게 된다.

"사람에게는 겉과 속이 따로 있다고들 말하지. 나에게는 그렇게나 잔혹한 면모를 보였던 숙부는, 마을 사람에게 조금 친절하게 군 것만으로 좋은 영주라는 평판을 얻어냈어. 그리고 나는 그의 죄를 규탄했을 뿐인데 마을 사람에게는 흉악한 영주라고 여겨졌지. 정말로 세상은 불공평하다고 생각하지 않나?"

분명 그럴지도 몰랐다. 그의 입장에서 보면 더할 나위 없을 정도로 불공평했으리라.

"마을에서 나를 몹쓸 사람처럼 수군대는 것을 알고 나서 짐승 가면을 쓰기 시작했어. 이왕이면 몸도 마음도 짐승이 되고 싶다고 생각했지. 인간 따위가 되지 않아도 좋다고."

그는 상처 입은 것이었다. 그 끔찍한 상처는 지금도 벌어져 있어서, 계속해서 피를 흘리고 있는 것인지도 몰랐다.

라일라는 그의 내력과 본심을 듣고서 그를 향한 마음이 커졌다는 사실을 깨달았다.

그에게 다정하게 대해주고 싶었다. 그를 치유해 주고 싶었다. 그러면 그는 훌륭한 인간으로서, 존경받는 영주로서 다시 태어날지도 모른다.

그렇지만 동시에 라일라는 한 사람의 인간을 바꾸기는 어렵다고 했던 아버지의 말을 떠올렸다. 사람이 사람을 구원하는 일은 만만한 일이 아닌 것이다. 하물며 루퍼스는 자신을 가리켜 짐승이라고 말하고 있었다.

그야말로 그는 상처 입은 짐승인 것이었다. 라일라가 아무리 그를 바꾸려고 해도 생각처럼 잘되리라고는 생각할 수 없었다.

그러나 그렇다 해도 라일라는 그에게 이루 말할 수 없을 정도로 깊은 마음을 품게 되고 말았다.

나는 그저 그의 애첩일 뿐인데…….

루퍼스 쪽은 나 따위는 아무렇지도 않게 생각하는데.

그러나 정말로 아무렇지도 않게 생각한다면 자신의 내력을 이야기할까. 적어도 그는 자신을 믿고 있을 터였다. 그렇지 않았다면 몸에 난 상처자국 역시 보여주지 않았으리라.

라일라는 손을 들어 올려 그의 목에 팔을 감고 나서, 매우 가까운 거리에서 그의 감색 눈동자를 바라보았다. 그 역시 라일라의 눈동자를 똑바로 바라보았다. 두 사람은 적대하고 있는 것이 아닌데, 마주친 시선 사이에서 불꽃이 튈 것만 같은 뜨거운 무언가를 느꼈다.

이것은…… 욕망인가? 그렇지 않은 다른 무언가……?

라일라는 천천히 얼굴을 가져가 스스로 그에게 입맞춤했다. 그의 입안에 혀를 집어넣고서 자신의 혀로 휘감았다. 항상 라일라가 받았던 키스였지만 이번에은 달랐다. 스스로 키스를 하는 상황에 묘한 흥분을 느꼈다.

두 사람은 어느샌가 침대에 누웠다. 서로의 몸이 뒤얽혔다. 라일라는 그의 얼굴에 난 상처자국을 혀로 핥았다. 꺼려하며 뿌리칠 것이라고 생각했지만 그는 그런 행동은 하지 않았다.

그는 자신에게 마음을 허락해 주고 있었다. 야생의 짐승을 길들이는 것 같은 기분으로 처음에는 다소 조심스럽게, 그리고 이윽고 대담하게 그의 몸에 난 상처자국에도 손가락을 미끄러뜨리며 키스해 갔다.

그가 마음에 들어 하는 일이라면 무엇이든지 해주고 싶었다. 그런 마음으로 가득했다.

라일라는 자신이 그야말로 그의 순종적인 애첩이 되었다는 사실에 내심 쓰게 웃었다. 결국 그의 매력에는 저항할수 없었다. 맨 처음 그의 눈동자를 보았을 때에 자신의 운명은 정해진 것이 틀림없었다.

그에게 순결을 바치고, 마음까지 바치고 말았다. 루퍼스가 그 정도로 지독한 사람이 아니라고 해도, 여전히 자신은 그의 아내가 아니었다. 신분도 달랐다. 입장도 달랐다. 영주와 허드렛일을 하는 하녀가 어떤 관계를 쌓을 수 있을까.

그러나 라일라는 그래도 괜찮다고 생각했다. 지금은 그저, 그의 상처를 치유하고 싶었다. 그가 인간으로서 다시 일어서 주었으면 하는 마음뿐이었다.

결국은 버려질 운명인데도……

라일라의 열렬한 키스에 부추겨진 듯이, 루퍼스의 분신이 딱딱해졌다. 그는 라일라의 몸을 천천히 어루만졌다. 그러나 이윽고 그것만으로는 만족할 수 없게 된 양, 상처자국에 키스하는 라일라를 끌어안더니 다시 그쪽에서 스스로 격한 키스를 적극적으로 퍼부었다.

나와 그 사이의 관계가 이 침대 안에서만 이루어지는 것이라 해도 나는 행복해.

어째서 자신이 그런 식으로 생각하고 마는지는 잘 몰랐다. 그렇지만 그에게 안겨서 키스를 받고 있으면 사소한 일은 아무래도 좋아졌다.

다만, 그가 쏟는 열정의 대상이라는 사실이 자랑스러워지고 말았다. 이렇게 아름다운 짐승이 자신에게 관심을 기울여 주는 것이 기뻤다.

루퍼스는 라일라의 몸에 보답하듯이 많은 키스를 해주었다. 물론 장밋빛을 띤 가슴의 정점도 입에 머금고서 애무해 주었다. 양다리 사이에도 혀를 움직여서 라일라는 드문드문 비명 같은 신음 소리를 질렀다.

"이제…… 이제…… 안 돼요."

울고 있는 것인지 신음하는 것인지 스스로도 잘 몰랐다. 그를 원해서 몸이 떨렸다. 지금 안아주지 않으면 이상해져 버리고 말 것 같았다.

루퍼스는 바지와 속옷을 벗어 제쳤다. 알몸인 그를 앞에 두고 라일라는 눈을 휘둥그레 떴다.

다리 사이의 분신은 늠름하게 우뚝 솟아서 라일라를 원하고 있었다. 라일라는 압도당하는 듯한 기분으로 그것을 뜨거운 시선으로 바라보았다.

루퍼스는 라일라의 시선을 깨닫고 살짝 웃었다. 그리고 천천히 라일라의 안으로 들어왔다.

그의 감색 눈동자가 반짝인 것처럼 보였다.

아니, 잘못 본 거야. 그가 마치 나를 사랑하는 것처럼 생각되다니, 크나큰 착각인걸.

"라일라……."

그는 이어진 채로 얼굴을 가까이 대더니 입술에 키스를 해왔다. 라일라는 그의 목에 팔을 두르고 그의 금갈색 머리카락에 손을 집어 넣었다.

아아, 나…… 그를 좋아해. 사랑해.

라일라는 자신이 한 생각에 가슴이 철렁했다. 그런 식으로 생각하고 있었다니, 지금까지 깨닫지 못했다. 그저 단순하게 그에게 이끌리고 있다고 생각했었지만, 그런 것이 아니라 좀 더 강한 마음이 자신에게 있었다는 사실을 깨달았다

그렇지만 그런 마음, 그에게는 아무런 의미도 없는 일이야.

오히려 자신이 괴로울 뿐이었다. 나는 결코 그에게 사랑

받는 일은 없을 테니.

이만큼이나 인간불신으로 똘똘 뭉친 그에게 사랑받는 일은 절대 없을 것이다. 그 사실을 알아도, 역시 라일라의 마음은 흔들리지 않았다. 물론 될 수 있으면 자신의 마음만큼 그에게도 마음을 돌려받고 싶었지만, 존재하지 않는 것은 바라도 별수 없다고 생각한 것이었다.

루퍼스는 입술을 떼더니 입가에 다정한 웃음을 띠웠다, 이것 또한 잘못 본 것일지도 몰랐다. 어쩌면 라일라의 제멋대로인 마음이 보여주는 환상일지도 모른다. 사람은 보고 싶은 것을 보는 존재이기에.

그가 움직이자 라일라의 열기도 점차 몸 안에서 크게 부풀어 올랐다. 이윽고 그것이 견딜 수 없을 만큼 커지자 라일라는 그의 등에 손을 둘렀다. 살결과 살결이 닿아서 기분이 좋았다. 자신만이 알몸으로 있는 것보다 서로 알몸으로 있는 편이 좋았다.

그의 몸에 오른 열기가 전해져 오는 것 같았다. 그의 가슴이 뛰는 고동 소리도 느껴졌다. 숨결도, 이렇게나 가깝게.

라일라는 견디지 못하고 등을 쭉 휘었다. 동시에 온몸을 강한 쾌감이 관통했다. 그리고 루퍼스는 라일라의 몸을 끌어안고 안쪽에서 몸을 튕겼다.

서로의 고동을 느끼면서 두 사람은 입맞춤을 나누었다.

처음으로 그와 제대로 된 시간을 보낸 것 같은 기분이 들었다. 마치 연인 사이인 듯이 침대에서 지냈다. 지금까지 그는 라일라의 기분 따위에는 관심이 없었다. 그녀의 몸만을 노릴 뿐 다른 일은 아무래도 좋다고만 생각하고 있는 듯했지만 지금은 달랐다.

아니, 정말로 그럴까. 다르다고 생각하고 싶을 뿐인지도 몰랐다.

라일라는 자신을 타일렀다.

그에게 푹 빠져서 나중에 우는 사람은 내 쪽이 될 것이 뻔해.

그래도 그를 바라는 자신의 마음이 분하고 한심하고, 그리고 서글펐다.

*　　　*　　　*

루퍼스는 라일라에게서 몸을 떼고서 그녀의 옆에 누웠다.

몸은 충분히 만족스러웠다. 그러나 이 이상한 만족감은 그녀를 안았기 때문만은 아니었다.

라일라는 자신의 추한 상처자국에 키스를 했다. 아름답다고까지 말해주었다. 아니, 아름답지 않다는 사실은 알고 있었다. 분명 얼굴을 감추어야만 할 정도로 추하지는 않았지만, 아름답다고 말하는 것은 과찬이었다.

그러나 그녀는 틀림없이 진지한 태도로 그렇게 말했다.

라일라는 거짓말을 하는 성격이 아니었다. 순진한 척하는 목사의 딸이라고 야유하고 말했지만, 그렇게 생각하고 있는 자신의 눈으로 보아도 그녀가 무책임한 말을 입에 담지 않는다는 사실 정도는 잘 알았다.

라일라가 이 저택에 찾아온 이래 줄곧 그녀를 보아왔기 때문이었다. 노스나 셀렌에게서도 정보를 듣고 있었다. 루퍼스는 그녀의 어설픈 생각이나 다른 사람에게 지나치게 관용적인 부분은 싫어했지만, 그래도 그녀가 거짓말은 하지 않는다는 사실은 알고 있었다.

그렇다고는 해도 루퍼스는 줄곧 그녀를 믿으려고 하지는 않았지만.

그러나 아무리 믿지 않으려고 했어도, 그녀의 눈동자를 보고 있노라면 믿지 않을 수 없었다. 자신이 아무리 삐뚤어지고 인간불신으로 똘똘 뭉쳐 있어도, 그렇게 다정한 키스를 받게 되면 고집을 피울 수 없었다.

하물며 자신의 얼굴에 상처를 내려고 할 줄이야…….

라일라는 진심이었다. 루퍼스가 막지 않았더라면 정말로 단검을 그 사랑스러운 얼굴에 찔러 넣었으리라.

루퍼스는 옆에서 크게 숨을 쉬고 있는 라일라를 끌어안았다. 그녀의 몸에서 힘이 쭉 빠졌다. 이렇게 몹쓸 남자인 자신을 이 정도로 믿어주고 있다고 생각하니 기쁘지 않을 수 없었다.

루퍼스는 갑자기 라일라를 놓고 싶지 않아졌다. 줄곧 손 안에 두고 싶었다. 그런 일이 가능할지 어떨지는 제쳐 두고서, 어쨌거나 이제는 놓고 싶지 않아졌다.

라일라를 내버릴 계획이었는데. 딱히 그녀를 사랑하는 것은 아니었다. 사랑은커녕 역시 이 여자는 어리석다고 생각했다. 그녀는 자신이 실컷 이용당했다는 사실도 깨닫지 못하고 있었다.

그렇지만 그처럼 어리석기에 그녀는 자신을 배신하지 않을지도 모른다.

아니, 그렇게까지 믿는 것은 역시 어떨까. 그녀는 아직 어리다. 앞으로 교활함을 몸에 익혀서 언젠가는 자신을 배신할지도 모른다.

그러나 아직 그때는 오지 않았다. 그녀가 배신하기 전에 버리면 그만이다. 자신은 그 징조를 놓치지 않으면 될 뿐인 것이다.

지금은 아직…… 괜찮다.

라일라가 반짝반짝한 눈동자로 자신을 바라보는 동안에는.

루퍼스는 그녀의 눈동자를 바라보는 사이, 자신의 마음이 따뜻한 감정에 침식당하고 있다는 사실을 깨달았다.

안 된다. 마음을 놓아서는.

그렇게 생각하면서도 루퍼스는 유혹에 져서 또다시 라일라에게 키스를 하고 있었다. 그녀의 입술은 부드럽고도 달콤했다. 먼 옛날에 잊어버렸던 것이 떠오를 것 같아지자 루퍼스는 입술을 떼었다.

"너에게 보석을 주지."

"보석이요……?"

라일라는 긴 속눈썹을 움직이며 눈을 깜빡였다.

"선조 대대로 내려오는 것이야. 반지나 목걸이나, 그런 거지."

몽롱한 얼굴이었던 그녀는 갑자기 정신을 차린 듯한 표정을 지었다.

"안 됩니다, 그런 건."

"어째서지?"

"그건…… 저 같은 사람에게 가벼이 주어서는 안 될 물건이기 때문입니다."

라일라가 괴로워 보이는 표정을 지으며 고개를 돌렸다.

"왜지? 내가 너에게 무엇을 주든지 내 마음이야. 너에게 설교를 들을 만한 일을 한 기억은 없어."

"그렇긴 하지만……. 그 보석은 당신의 아내가 되실 분의 것입니다."

루퍼스는 얼굴을 찌푸렸다. '아내가 되실 분'이라는 말의 울림에, 점잔 빼는 여자를 연상했기 때문이다. 자신이 결혼할지 못할지도 모르는데, 아내가 될지 어떨지도 모르는 여자를 위해서 보석을 방치해 두기는 아까웠다.

귀중하고 아름다운 것이기에 라일라에게 어울린다. 그녀는 아무것도 꾸미지 않아도 아름다웠지만, 꾸미면 좀 더 아름다워질 것이 뻔했다.

"나는 내가 하고 싶은 대로 해. 너는 내가 준 드레스를 입고, 내가 준 보석을 몸에 달아라. 전부 내 뜻대로 하는 거야."

라일라는 일순 어처구니없다는 표정을 지었다. 그러나 금세 무슨 생각을 하는지 모를 표정으로 변했다. 적어도 기뻐하는 것처럼 보이지는 않았다.

"저는 당신의 지시대로 움직이는 인형이라는 뜻이군요."

"아니…… 인형이라면 이렇게 따뜻하지는 않겠지. 이렇게 부드럽지도 않아."

루퍼스는 라일라의 가슴을 슬쩍 손으로 감쌌다. 그러자 그녀의 뺨이 새빨갛게 달아올랐다. 이 얼마나 귀여운가. 지금 막 자신의 아래에서 그렇게나 몸부림쳤는데, 지금은 이제 소녀처럼 뺨을 물들이고 있다.

"저……"

"나는 네가 마음에 들어."

라일라는 그 말을 듣고서 더욱더 부끄럽다는 표정을 지

었다.

그녀는 자신을 어떻게 생각할까. 지금도 무도하고 잔혹한 영주라고 생각할까. 물론 자신은 분명 그 말 그대로인 영주였지만, 어째서인지 그녀에게는 그렇게까지 나쁜 남자로 여겨지고 싶지 않았다.

어째서냐 하면 다른 사람에게는 보여주지 않았던 상처자국을 그녀에게는 보여주었기 때문이었다. 어울리지도 않게 자신의 이야기를 털어놓고 말았다.

"너는 나를 어떻게 생각하지?"

"저, 저는⋯⋯."

라일라가 당황하는 표정으로 우물거렸다. 그대로 아무 말도 듣지 않고 끝낼 수 있을까 하고 생각했지만, 그녀는 결심한 듯이 이쪽의 눈을 지그시 쳐다보며 다시 입을 열었다.

"저는 루퍼스님의 것입니다."

루퍼스는 안심하면서도 마음속 어딘가에서 낙담했다. 자신이 바라던 대답은 이런 말이 아니었다. 그러나 자신은 무엇을 바라고 있었던 것일까. 그녀는 나의 것. 그녀가 그렇게 말했다면 만족스러울 터였다.

루퍼스는 그녀의 흐트러진 머리카락을 건드리며 살짝 쓰다듬었다. 그 손에 와 닿는 감촉은 명주실 같았다. 그녀의 머리카락 색깔은 어디에나 있는 옅은 갈색이라 드물지는 않았지만, 루퍼스는 어느샌가 이 색을 매우 좋아하게 되었다.

윤기 있는 풍성한 머리카락이었다. 감촉도 좋았다. 그녀의 개암나무빛 눈동자도 마음에 들었다. 무엇보다 그녀가 자신의 얼굴을 황홀하게 쳐다볼 때면 눈동자에 어리는 표정이 좋았다.

루퍼스의 가슴에 따스한 감정이 샘솟았다.

"너는 무얼 갖고 싶지? 뭐든지 말해봐."

라일라는 조금 망설이는 표정을 짓더니 신경질적으로 입술을 핥았다. 그 분홍빛 혀를 루퍼스는 못 박힌 듯 바라보았다.

"저기…… 갖고 싶은 것은 없습니다만……. 저, 딱 한 번만 마을로 돌아가고 싶습니다."

그 말을 듣자마자 루퍼스의 가슴은 얼어붙은 것만 같은 기분이 들었다.

그녀는 이 정도로 신경 써주는 자신이 아니라, 나고 자란 마을에 애착을 품고 있는 것이었다. 그녀는 마을에서도 집에서도 변변한 취급을 받지 못했던 모양인데도. 마을 사람들에 의해 사람을 잡아먹는 짐승 영주가 있는 저택으로 쫓겨난 것이 아니었던가.

그래도 이 저택보다 마을이나 집 쪽이 좋다는 뜻일까.

루퍼스가 입술을 굳게 다물자, 그녀는 슬픈 표정을 지

었다.

"……안 될까요?"

"마을로 돌아가는 건 금한다."

루퍼스는 이유를 말하지 않았다. 이유 따위는 없는 것이나 매한가지였다. 마을에서 자신에 대한 소문이 퍼지는 것을 꺼리는 마음에 하인들에게는 마을 사람과 교류하는 일을 금했다. 그 지시가 반드시 지켜지는 것은 아니었지만, 마을에서 사람을 잡아먹는 영주의 소문이 만연하고 있다는 것은 그들이 진실은 이야기하지 않았다는 뜻이었다.

그러나 라일라를 마을로 돌려보내고 싶지 않은 것은 그것과는 다른 이유 때문이었다.

라일라를 놓아주고 싶지 않았다. 그 마음 하나 때문이었다. 그녀가 마을로 돌아갔다가 이 저택에서 영주의 애첩으로 있기보다 마을에서 지내는 편이 좋다고 생각하게 되면, 자신은 어찌 되는 것인가.

그녀가 혹시 이곳으로 돌아오지 않는다면…….

싫다. 절대로 싫다. 그녀는 이곳에 있어야만 한다. 내 곁에.

루퍼스는 그녀에게 아무리 거만한 영주라고 여겨져도 좋았다. 그녀가 자신의 곁에 줄곧 있어준다면 그것으로 충분했다. 그녀를 이 저택에 묶어두고 싶었다. 매일 안으며 지내고 싶었다.

그것이 나쁜 생각일까……?

아니, 나쁜 생각이라도 상관없었다. 아무리 비난받더라도 상관없었다. 누군가 뒤에서 손가락질을 한다 해도 그녀를 원했다.

그러기 위해서라면 무엇이든 한다.

루퍼스는 그녀의 목덜미에 손을 뻗고 입술을 막았다. 그녀의 입에서 집으로 돌아가고 싶다는 말은 더 이상 듣고 싶지 않았다, 그런 말을 들을 정도라면, 쾌감에 신음하게 해주겠다.

다른 무엇도 생각할 수 없을 정도로.

라일라는 내 것이다!

절대로 넘겨주지 않겠다. 적어도 그녀가 나를 배신하기 전까지는.

루퍼스는 굳게 결심하고 있었다.

제4장
슬픔의 고향

라일라가 루퍼스의 애첩이 되고 나서 시간이 얼마나 흘렀을까.

벌써 이 개월이나 지났다. 거의 매일같이 그에게 안겼다. 그는 낮 시간이 지나서 일어나, 새벽에 잠들었다. 라일라는 필연적으로 그의 생활에 맞추게 되었다. 그렇다고는 해도 일어나는 시각은 그보다 빠를지도 몰랐다. 적어도 오전 중에는 일어나서 몸단장을 마쳐야만 역시 마음이 진정되는 것이었다.

이 개월 동안에 변한 점은 일어나는 시간만은 아니었다. 라일라는 더 이상 허름한 옷을 몸에 걸치지 않았다. 이전에 입었던 옷은 루퍼스의 명령에 따라 모두 버려졌다. 지금은 마치 귀부인 같은 차림을 하고 있었다.

아름다운 드레스를 입고서, 보석을 몸에 장식했다. 다른 소소한 물건도 비싼 것뿐이었다. 루퍼스가 그 이외의 것을 선호하지 않았기 때문이었다. 그러나 아직도 이 저택의 정원에서 밖으로 나가는 일은 허락되지 않아서, 자신은 여전히 새장 속의 작은 새일 뿐이었다.

유일하게 밖으로 나갈 수 있는 때는 루퍼스와 함께 있을 때에 한해서였다. 다만 그것은 늘 해가 지고 나서부터였다. 주로 밤중이었다. 아무에게도 얼굴을 보이지 않을 때가 아니면 그는 활동하지 않았다.

이런 생활이 이어지자 라일라는 숨이 막힐 것만 같았다. 하녀 일을 하던 때도 저택 밖으로는 나가지 않았었다. 그렇지만 하인 동료와 이야기하거나 웃거나 했다. 정원을 산책하는 것 정도만이 기분 전환을 할 거리였다고 해도, 아침부터 밤까지 할 일은 있었던 것이었다.

그러나 지금은 달랐다. 딱히 할 일이 없었고, 그저 루퍼스를 위해서만 존재할 뿐이었다. 그는 자신에게 잘 대해준다고 생각했지만, 이런 생활은 자신이 바라던 삶이 아니었다. 라일라는 바빠도 좋으니까 주변을 청결하게 하거나 남에게 도움이 되는 일을 하고 싶었다. 무엇보다 루퍼스 말고도 이야기할 상대 역시 필요했다.

이전에는 동료였는데, 저택에서 일하는 모든 이가 라일라를 피했다. 셀렌은 이야기를 해주었지만 역시 이전 같은 친밀함은 없었다. 라일라는 외로웠다. 루퍼스는 라일라를 안았고 이야기도 했지만, 두 사람은 대등한 관계가 아니었다. 결국 라일라는 루퍼스가 말하는 대로 따르는 인형 같은 존재일 뿐이었다.

마을로 돌아가고 싶어……. 집으로도 돌아가고 싶어.

그렇게 생각하는 것은 어리석을지도 몰랐다. 그들은 라일라가 어찌 되든지 아무래도 좋을 터였다. 이미 짐승 영주에게 잡아먹혔다고 생각하고 있으리라. 그렇지만 라일라는 외로웠기에 돌아가고 싶다고 바라고 마는 것이었다.

한 번만이라도 좋았다. 아주 잠시만이라도 좋았다. 라일라는 루퍼스의 눈이 닿는 곳을 피해서 숨을 돌리고 싶었다. 그렇지만 그의 지시를 깰 수도 없었다. 라일라가 그의 애첩이라는 점은 틀림없는 사실이고, 만약 그를 화나게 한다면 자신의 그런 소문을 마을에 퍼뜨릴지도 모르기 때문이다.

아아, 그렇지만…….

라일라는 하다못해 자신이 살아 있다는 사실만은 가족에게 알리고 싶었다. 그래서 편지를 써서, 마을로 물건을 사러가는 쥬크에게 슬쩍 맡겼다. 지금도 그는 라일라에게 말을 하진 않았지만, 목사관에 전해달라고 부탁하자 고개를 끄덕였다. 루퍼스가 그런 일을 바라지 않는다는 사실은 이 저택에서 일하는 사람이라면 누구나 아는 일이니, 승낙해준 쥬크는 역시 매우 좋은 사람이리라.

쥬크에게 부탁을 하고 나서 며칠 후, 라일라는 루퍼스가 일어나기 전에 정원을 산책하고 있었다. 그러자 난데없이 쥬크가 찾아와서 넌지시 편지를 라일라에게 내밀었다. 일순, 자신이 보낸 편지를 되돌려 받은 것인가 하고 생각했지만, 아무래도 그렇지는 않은 모양이었다. 분명 이 편지는 아버지나 언니에게서 온 답장이다.

"고마워요, 쥬크."

라일라가 웃어주자, 쥬크는 어깨를 으쓱였다.

"딱히 대단한 일은 아니야. 그렇지만 이런 일은 이제 그만둬. 영주님께서 아시면 너는 저택에서 쫓겨날지도 몰라."

분명히 쥬크가 말한 대로였다. 루퍼스가 언제까지 라일라를 애첩으로서 둘지 모르는 일이었다. 지금은 매일 밤 그녀를 안고 있어도, 내일이 되면 식을지도 몰랐다. 그가 무슨 생각을 하고 있는지는 가장 가까이에 있는 라일라도 잘 모르는 부분이 있었다.

저택에서 쫓겨나면 마을로 돌아갈 수밖에 없겠지만, 순결을 잃은 몸으로는 이전과 마찬가지로 지낼 수는 없으리라. 게다가 라일라는 루퍼스의 곁에 있고 싶었다. 몸을 섞을 때마다 두 사람은 친밀해져서, 라일라는 이제 그에게서 떨어질 수 없게 되었다.

그는 라일라 외에는 맨 얼굴을 드러내지 않았다. 즉, 어느 정도의 신용은 얻었다는 뜻이었다. 그 신뢰를 무너뜨리고 싶지 않았고, 그를 위해서도 자신은 옆에 있어야만 한다고 생각했다. 물론 그것은 오만한 생각일지도 모르지만.

라일라는 편지를 읽었다.

"그런……! 아버지가……!"

떠나려고 하던 쥬크가 뒤돌아보았다.

"왜 그래? 뭐라고 쓰여 있어?"

"아버지가 병으로 쓰러지셨다고……. 몸 상태가 나빠서, 의사 선생님이 이제 길지 않을 거라고……."

편지는 큰언니인 에일라가 보낸 것이었다. 라일라는 그 편지를 가슴에 가져다 대었다.

돌아가야만 했다. 무슨 일이 있어도. 루퍼스의 지시를 깨고 싶지는 않았지만, 아버지가 죽을병에 걸렸다는 소식을 듣고서 이대로 가만히 있을 수는 없었다.

"저…… 집으로 돌아가겠어요."

결심한 듯이 중얼거리는 라일라에게, 쥬크는 고개를 좌우로 내저었다.

"그만둬, 라일라. 영주님께서 너에게 어떤 보복을 하실지 알 수 없다고."

루퍼스는 쥬크가 생각하는 만큼 잔인한 성격은 아니라고

생각했다. 하지만 라일라가 멋대로 돌아간다면 분명 격렬하게 화내리라. 그러나 루퍼스에게 부탁해도 들어주지 않을 것이다. 게다가 혹시 만에 하나, 시간에 맞추지 못해서 아버지가 세상을 뜨기라도 한다면…….

라일라는 그렇게 생각하자 한시라도 빨리 돌아가야만 한다고 생각했다.

루퍼스는 새장의 새가 도망쳤다는 사실을 안다면 복수를 하려 할까? 아니, 자신은 도망치는 게 아니었다.

"저, 금방 돌아올 거예요. 일단 한번, 아버지의 상태를 보고……."

그런 다음 해야 할 일을 하자. 루퍼스가 잔혹한 생각을 하지 않기를 기도할 수밖에 없었다.

"라일라!"

"부탁이에요, 저를 막지 말아요."

쥬크는 망설이는 모양이었지만, 더 이상 라일라를 막으려고 들지는 않았다.

문에는 문지기가 있었다. 그러나 문을 지나지 않아도 부지 밖으로 나갈 방법은 얼마든지 있다는 사실을 알았다. 정원 산책은 이미 몇 번이고 했기 때문이었다. 뒤쪽 정원 구석에서 잡목림 안을 빠져나간 다음 마을로 가는 길을 재촉했다. 예쁜 드레스가 풀숲 속에서 더러워져도 상관없었다. 그저, 아버지를 만나고 싶다는 마음 하나뿐이었다.

　　　　*　　　　*　　　　*

　　마을로 돌아온 라일라는 목사관을 향해서 서둘러 샛길로
가는 도중에 지붕이 없는 마차가 건너편에서 오고 있다는
사실을 깨달았다. 라일라가 길옆으로 비키자 마차가 멈춰
섰다. 그곳에 타고 있는 이는 라일라의 얼굴을 아는 사람이
었다.

　　"라일라 아니니! 너…… 살아 있었구나?"

　　그녀는 마티아라는 이름이었는데, 마을에서 가장 유복
한 집의 부인이었다. 통통한 몸매에 예쁜 드레스를 걸치고,
언제나 이렇게 마차로 여기저기를 방문하곤 했다. 에일라
나 마일라는 그녀와 친하게 지냈지만 라일라는 그렇지 않
았다. 마티아 같은 유복한 부인과 자신은 너무 차이가 나
서, 할 말 따위는 아무것도 없다고 생각했기 때문이었다.

　　라일라는 될 수 있으면 가족 이외의 사람과는 그다지 얼
굴을 마주하고 싶지 않다고 생각했지만, 이미 만나 버린 상
황은 어쩔 수 없었다. 그녀가 마을 유력자의 부인이고 수다
스럽다는 사실은 알고 있었지만, 목사의 딸로서 예의 바르
게 대하자고 생각했다.

　　"예……. 아버지께서 병이 나셨다고 들어서, 서둘러 돌
아왔습니다."

"헤에에에? 그렇구나. 아버님께서 병에 드셨으면 돌아가야 마땅하겠지. 그렇지만 마을 사람들 모두는 네가 이미 짐승 영주님께 잡아먹혔다고 생각하고 있었는데……. 너, 제법 좋은 드레스를 입었구나?"

마티아는 라일라의 드레스를 빤히 쳐다보았다. 될 수 있으면 이렇게 예쁜 드레스를 입고 오고 싶지는 않았지만, 이전에 입었던 허름한 옷은 모두 처분되어서 지금은 없기 때문에 별수 없었다.

"어떻게 된 거니? 그 드레스…… 마치 공주님 같잖아. 머리모양 역시 전과는 달라. 그 머리장식, 비싼 거 아니니?"

라일라는 무심코 머리장식에 손을 가져갔다. 아버지의 병에 대해서만 생각해서, 자신이 어떤 머리모양을 하고 있었는지를 잊고 있었다. 이래서는 이전과 너무 달랐다. 이상하다고 여겨질 것은 뻔했다.

"너…… 영주님이 계신 곳에서 무얼 하는 거니? 제대로 일하는 건 아닌 모양이구나. 혹시……."

"죄, 죄송합니다. 저, 급해서요."

라일라는 부랴부랴 집 쪽으로 뛰기 시작했다. 그러나 수다스러운 마티아가 이 일을 입 다물고 있을 리가 없었다. 분명 금세 마을 안에 이야기가 퍼지게 되리라.

내가 영주님의 애첩이라는 사실이 그녀에게 들통 났을까.

그렇게 생각하니 가슴이 조여드는 것 같은 기분이 들었다. 달리 이런 차림을 하고 있을 이유가 스스로도 떠오르지 않았다. 스스로 자신의 목을 조이고 만 건지도 모른다. 하지만 그런 것을 알고 있어도 병으로 쓰러진 아버지가 있는 곳으로 가야만 했다.

그리운 집은 작은 집이었지만, 일찍이 정원에는 예쁜 꽃이 잔뜩 피어 있었다. 물론 정원 손질을 했던 사람은 라일라였지만, 지금 와서는 볼품없어져서 잡초만이 자라 있었다.

아무도 자신 대신 돌보지 않았던 것일까. 그렇지 않으면 그런 일까지 손이 가지 않았을 만큼 바빴던 것일까.

라일라는 현관문을 열고 안으로 발을 들였다. 자신이 꼼꼼히 정리하고 청소를 했던 익숙한 집은 이미 없었다. 온갖 것이 어지럽게 굴러다니고 제대로 청소도 되어 있지 않았다. 바닥의 더러움은 특히 견디기 어려워서, 지금 당장 물걸레질을 시작하고 싶을 정도였다.

그러나 라일라는 청소를 하기 위해서 돌아온 것은 아니었다. 바로 계단을 올라가서 아버지의 방으로 향했다. 가볍게 문을 두드리고 나서 안으로 들어갔다.

침대에는 아버지가 축 늘어져 누워 있었다. 라일라는 침대 옆으로 달려가 무릎을 꿇었다.

"아버지! 정신 차리세요!"

야윈 얼굴을 한 아버지가 눈을 휘둥그레 뜨고서 옆에 있는 라일라를 보았다.

"라일라…… 너, 정말로 살아 있었구나."

"편지에 쓴 대로 저는 저택에서 잘 지내고 있어요. 그보다 아버지의 몸 상태는 어떠세요? 아버지께서 무거운 병에 걸리셨다는 언니의 답장을 보고 서둘러서 돌아왔어요."

"무거운 병이라고? 의사에게 진찰받았지만, 단순한 감기야."

아버지는 기묘한 표정을 지으며 라일라를 바라보았다.

"단순한…… 감기?"

아버지도 당황한 모양이었지만, 라일라 역시 당황했다. 편지에는 아버지가 위독하다는 듯이 쓰여 있었던 것이었다.

"그래, 한동안은 열이 났지만 오늘은 이제 제법 좋아진 모양이다. 오늘 하루 쉰 다음, 내일은 교회에 나가서 제대로 일을 하려고 마음먹고 있었단다."

"그렇군요……. 건강해 보이셔서 다행이에요."

라일라는 어색하게 미소를 지었다. 편지에 쓰여 있었던 내용은 무엇이었을까 하고 생각했지만 아버지가 정말로 위독하지 않아서 안심했다. 자신의 인생은 루퍼스가 부서뜨렸지만, 그래도 언젠가는 가족과 살고 싶다는 소망이 있었다, 그때까지 아버지는 건강했으면 했다.

"편지는 에일라가 쓴 게냐? 분명 허풍으로 쓴 거겠지. 네가 집안일을 해주었으면 해서."

라일라는 미간을 찌푸렸다. 에일라나 마일라는 집안일을 하지 않는 것일까. 아니, 그럴 리는 없으리라. 자신이 없다면 누군가 해야만 하는 일이니까. 언니들은 분명 익숙하지 못해서 아직 잘할 수 없는 것이 틀림없다. 라일라도 처음 집안일을 할 때는 곧잘 실패를 하곤 했다.

"너는…… 마치 귀부인 같은 차림을 하고 있구나. 대체 그건……."

아버지가 말을 걸었을 때, 현관문이 열리는 소리가 들렸다. 그리고 에일라의 맑고 높은 목소리가 들려왔다.

"라일라! 돌아왔니?"

"에일라 언니, 아버지의 방에 있어요!"

두 언니가 계단을 달려 올라오는 소리가 들리나 싶더니, 언니들이 아버지의 침대로 뛰어 들어왔다. 아버지는 아직 몸 상태가 나쁠 터인데 언니들은 어디에 갔었던 것일까. 두 사람은 예쁜 드레스를 몸에 걸치고 어딘가로 외출했던 모양이었다. 그러나 두 사람의 기분은 나빠 보였고, 얼굴은 새빨개져 있어서 어찌 보아도 화가 난 상태였다.

아직 혼날 만한 일은 아무것도 하지 않았는데, 외출 중에 무슨 일이 있었던 것일까.

"언니, 건강해 보여서……."

"인사 따위를 할 때가 아니야! 라일라, 잘도 우리들에게 창피를 주었구나!"

두 언니는 아무래도 라일라에게 화가 난 모양이었다. 라일라는 의미도 모르고서 얼떨떨해졌다.

"저기……. 대체 무슨 일……."

"아까 마티아의 마차와 엇갈렸어. 그 여자…… 네가 창부가 되어 돌아왔다고 말해주었어."

라일라는 깜짝 놀라서 일어섰다.

"저, 전…… 창부 따위가 아니에요……."

분명히 창부 같다고 생각했던 때도 있었다. 그러나 루퍼스를 좋아하게 되고 나서부터는 그런 식으로는 생각하지 않게 되었다. 그에게 있어서 라일라는 그저 육욕을 채울 도구인지도 모른다. 그렇지만 라일라에게 있어서는 달랐다. 몸도 마음도 내어줄 상대였던 것이다. 설령 그 방법이 잘못되어 있다고 해도.

"그럼, 네 그 차림은 뭐니? 그런 차림으로 영주관에서 무얼 했어? 바닥 닦기? 그럴 리 없겠지!"

차녀인 마일라가 내뱉듯이 말했다. 분명 자신의 차림은 저택에서 일하는 것처럼 보이지는 않으리라. 그러나 결단코 창부 같은 차림은 아니었다.

에일라도 라일라를 몰아세웠다.

"그 드레스…… 내 드레스와는 전혀 달라. 너 같은 꼬맹

이 계집애가 입기에는 너무 질이 좋다고. 그 머리장식에 달린 건 다이아 아니니? 너…… 짐승 영주님의 마음에 들어서 애첩이 된 거로구나?"

이런 차림으로 돌아오면 금세 들키고 만다. 그런 사실 정도는 알고 있었는데, 어째서 자신은 허둥지둥 돌아오고 만 것일까.

물론 아버지가 위독하다고 생각했기 때문이었다. 에일라의 허풍 어린 편지 탓이었다.

라일라는 아무런 반론도 할 수 없었다. 창부가 아니라고는 말할 수 있어도, 애첩이 아니라고는 말할 수 없었다. 그것은 명백한 거짓말이기 때문이었다.

"라일라, 너…… 무슨 짓을 한 게냐!"

아버지가 침대에서 상반신을 일으켜 세우며 라일라를 꾸짖었다. 아까 라일라를 알아보았을 때와는 전혀 달랐다. 화난 표정이었다.

"아버지……."

"잘도 목사인 내 얼굴에 먹칠을 했구나! 딸인 네가 그런 몸으로 전락했다는 사실이 알려지면 내 입장이 뭐가 되겠느냐. 에일라와 마일라 역시 시집갈 수 없게 된다."

에일라와 마일라가 아버지의 곁에 바싹 다가가 라일라를 노려보았다.

"그래. 우리들은 어떻게 되는 거야? 그것도 상대는 짐승 영주님이라고? 너 같은 건 잡아먹혀 버렸으면 좋았을 거야!"

마일라의 공격에 라일라는 할 말을 잃었다. 진심으로 잡아먹혔으면 좋았을 것이라 생각하는 것일까. 그녀는 자신의 친언니인데, 너무 심했다.

에일라도 독살스럽게 라일라에게 지독한 말을 퍼부었다.

"답장 따위 쓰는 게 아니었어. 집안 청소라도 시키려고 했더니, 설마 이런 꼴을 당할 줄은. 너 따위 이제 돌아오지 않으면 좋았을 거라고."

라일라는 청소만을 위해서 불러온 것이었다. 그것도 아버지가 위독하다고 거짓말까지 해서.

라일라는 이제 와서야 루퍼스가 했던 말이 모두 옳았다는 사실을 깨달았다. 자신은 가족에게 좋을 대로 이용당했을 뿐이었다. 진심으로 자신을 염려해 주는 사람은 아무도 없었는데.

어안이 벙벙해진 라일라에게 아버지가 말뚝을 박았다.

"그래. 너 같은 건 돌아오지 않으면 좋았을 게다. 마티아는 온 마을에 네가 창부가 되었다고 퍼뜨리고 다닐게 뻔하다. 너 같은 더러운 딸은 나가 버려라!"

"아버지……!"

영주의 애첩이 되었다는 사실을 알면 분명 아버지가 그

렇게 말하리라는 것은 알고 있었다. 목사인 아버지가 더럽혀진 딸을 받아들일 일은 없을 것이라고, 그러나 실제로 그런 말을 들으니 괴로워서 견딜 수 없었다.

"더 이상 돌아오지 마라. 너는 죽은 사람이라고 생각하겠다."

라일라는 견딜 수 없었다. 아버지가 걱정되어서 돌아왔는데, 자신은 경멸당한데다 방해꾼 취급마저 받았다. 그뿐만 아니라 온 마을 사람들이 자신을 타락한 계집이라는 듯이 볼 것이다.

자신은 이제 두 번 다시 이곳에는 돌아올 수 없다. 물론 마을에도 발을 들일 수는 없으리라. 멸시의 시선으로 바라볼 것이 뻔했다.

편지 따위를 쓰는 것이 아니었다. 돌아오는 것이 아니었다.

전부 루퍼스가 말한 대로였다. 사람은 다들 제멋대로니까 믿어서는 안 되었다.

그들은 라일라 한 사람을 희생시켜서 영주의 저택으로 들여보냈다. 영주의 애첩으로서 살아갈 바에야 차라리 잡아먹히는 편이 나았다니, 도저히 가족이 할 말이라고는 생각할 수 없었다.

라일라는 더 이상 아무 말도 할 수 없었다.

아버지나 언니들의 적의로 가득찬 시선이 온몸을 찔렀

다. 라일라는 방에서 뛰쳐나와 계단을 내려갔다. 그리고 밖으로 달려 나갔다.

라일라가 향할 곳은 영주의 저택뿐이었다.

루퍼스의 곁으로.

분명 지금쯤 그는 라일라가 없어졌다는 사실을 깨닫고 불같이 화내고 있으리라. 어쩌면 쫓겨나고 말지도 몰랐다. 그렇게 되면 자신이 갈 곳은 어디에도 없어지고 만다.

저택에서 쫓겨나면 자신은 낯선 영지에서 구걸을 할 수밖에 없어진다. 혹은 굶어죽고 말 것인가.

어느 쪽이라 해도 지금의 라일라는 마음 둘 곳조차 잃고 있었다.

*　　　*　　　*

루퍼스는 라일라의 모습이 보이지 않는다는 사실을 깨닫고서 노스에게 그녀를 찾아보도록 시켰다. 그러나 그녀는 정원에도 저택 안에도, 어디에도 없었다.

그녀가 쥬크와 정원에서 이야기하던 모습을 본 자가 있어서, 루퍼스는 질투에 사로잡혀 쥬크를 서재로 불렀다. 그는 짐승 가면을 쓴 루퍼스를 보고도 겁내는 표정은 짓지 않았다. 생각해 보면 그는 처음에 저택으로 왔을 때부터 이런 식으로 계속해서 불손한 태도를 취하고 있었다.

그렇기에 자신의 애첩에게도 다가간 것이리라. 설마 이제 와서 라일라가 그를 상대할 것이라고는 생각하지 않았지만, 그래도 그의 얼굴을 보는 것은 불쾌했다.

"오늘 아침, 라일라와 이야기했던 모양이더군?"

쥬크는 즉시 답하지 않고 잠시 생각하더니 무겁게 입을 열었다.

"실은……."

그는 틀림없이 시치미를 뗄 것이라고 생각했는데, 의외로 마음이 내키지 않는 듯 굴면서도 편지에 대해서 말해주었다. 자신이 라일라가 맡긴 편지를 목사관으로 가져갔던 일. 그리고 그 목사관에서 답장을 받았는데, 거기에는 아버지의 병에 대해 쓰여 있었다고 했다.

"라일라는 집으로 돌아간 건가?"

나를 버리고……?

루퍼스는 기가 막혔다. 자신은 라일라에게 지독한 짓을 했다. 협박하고 애첩으로 삼았다. 그리고 그녀가 집으로 돌아가는 일 자체를 금지했던 것이다.

물론 사람 좋은 라일라는 돌아가고 싶었을 것이다. 가족에게 이용당했다고 해도.

그러나 자신은 그녀를 돌려보내고 싶지 않았다. 그녀가 돌아가면 두 번 다시 돌아오지 않을 것만 같은 기분이 들었기 때문이었다. 이것은 그녀를 위해서라고 자신을 속이면서도, 사실은 그녀를 위해서가 아니라 자신을 위했을 뿐이었다.

그런 자신보다 집으로 돌아가는 쪽을 선택했다고 해도 그녀를 나무랄 수는 없었다.

행선지는 알았지만, 루퍼스는 그녀를 데려오려는 생각은 하지 않았다. 그런 짓을 한들 대체 무슨 의미가 있을까. 아버지가 위독하다면 곁에 있고 싶을 것이 뻔했다. 그럴 때에 들이닥쳐 데리고 돌아올 수는 없었다. 그렇게까지 사람의 마음을 잃은 것은 아니었다. 라일라가 어찌 생각하든지 간에 자신은 그렇게까지 타락한 것은 아니었다.

게다가 루퍼스는 라일라와 함께 지내는 사이에 그녀에게 감화된 부분이 있었다, 그것은 양심 같은 감정이었다. 아직 자신에게 양심 같은 것이 남아 있다고는 생각하지 않았는데, 그녀와 지내는 사이에 그런 감정이 자신에게도 아직 남아 있었다는 사실을 알았다.

"영주님, 제가 마을까지 가서 확인하고 올까요?"

쥬크는 걱정스럽게 물었다. 이 불손한 남자는 라일라를 걱정하고 있는 것이었다. 그렇게 생각하자 부아가 치밀었다. 라일라에 대해서 걱정해도 되는 사람은 자신뿐이라고 생각했기 때문이었다.

"아니⋯⋯. 갈 필요는 없어. 너는 네 일을 해라."

쥬크가 물러나고 나서야 그에게 벌을 주어야 마땅했다고

다시 생각했다. 쥬크는 라일라가 나가는 일에 손을 빌려준 것이나 마찬가지였기 때문이었다. 그러나 그에게 그 책임을 지운들 무슨 의미가 있을까.

가장 나쁜 사람은 자신이라는 점을 사실은 알고 있는데.

그렇다고는 해도 라일라가 쥬크에게 의지한 것도 어쩐지 용서할 수 없는 기분이 들었다. 하필이면 쥬크라니⋯⋯. 다른 하녀는 안 되었던 것일까.

아무래도 불쾌했다. 가슴속이 타들어가는 듯한 불쾌함을 느꼈다.

혹시 이 감정이 질투인가⋯⋯?

이전에 아직 하녀였던 라일라가 쥬크와 잠시 서서 이야기했다는 노스의 보고를 듣고 나서, 몇 번인가 이런 불쾌한 감각을 느꼈었다. 이것이 질투라는 감정인 것일까.

아니, 틀렸다. 질투 따위는 어리석은 자나 하는 짓이다.

루퍼스는 가면을 벗고 나서 사이드 보드에서 디캔더를 움켜쥐고 유리잔에 내용물을 부었다. 그리고 와인을 단숨에 들이켰다. 이 정도로는 취하지 않는다. 라일라는 이제 돌아오지 않을지도 모르는 것이었다. 그렇게 생각하자 도무지 진정되지를 않아서, 서재 안을 어슬렁어슬렁 돌아다녔다.

결국 라일라도 자신을 배신했다는 뜻이었다. 이 정도까지 그녀를 원하는 자신보다 그 불성실한 가족 쪽이 좋다고 생각한 것이다. 그 점을 용서할 수 없었다.

"제기랄……!"

루퍼스는 다시 와인을 따른 다음 들이켰다.

아무리 마셔보았자 사실은 변하지 않는다. 그녀는 아름다운 드레스나 장신구를 잔뜩 걸치는 삶보다, 온 힘을 다해서 일하는 삶 쪽이 좋다는 뜻일까. 허름한 드레스, 너덜너덜한 신발, 머리카락은 리본으로 묶었을 뿐인데, 그 정도의 미모를 가졌으면서도 그녀의 매력을 모르는 자들에게 폄하당하고 짓밟히는 인생 쪽이 이곳에서의 생활보다 낫다는 뜻일까.

그럴 리는 없다……!

라일라는 자신을 바라볼 때에 황홀한 눈동자를 하고 있었다. 키스를 받으며 안길 때에도, 그녀의 눈동자에는 자신을 향한 마음이 드러났다. 그렇지 않으면 그 모습은 그녀의 술수였을까. 상대에게 반했다고 보이도록 꾸미고 거짓말을 했던 것일까.

루퍼스는 마음이 심란해졌다. 자신을 통제할 수 없었다. 고작 애첩이 병이 든 아버지를 만나기 위해서 집으로 돌아갔을 뿐인 이야기였다. 물론 그녀가 자신의 명령에 등을 돌린 것은 화가 났지만, 그 정도로 침울해질 일도 아니었다.

그녀는 반드시 돌아올 터였다. 반드시.

그렇게 생각하면서도, 루퍼스는 연달아 와인을 유리잔

에 채우며 잔이 비어가는 모습을 볼 수밖에 없었다.

잠시 시간이 흐르고 노스가 찾아왔다. 그는 줄곧 라일라를 찾아다녔기 때문에 피곤한 표정을 짓고 있었다. 루퍼스는 다시 쓴 가면 너머로 그의 얼굴을 바라보았다.

"라일라님이 돌아왔습니다."

루퍼스는 안심했다. 그녀는 돌아온 것이었다. 자신을 외면할 리 없었던 것이다.

"그런가⋯⋯. 서둘러 이쪽으로 오도록 전해라."

노스는 방을 나가려고 하다가, 문득 돌아보더니 머뭇머뭇 말을 꺼냈다.

"라일라님은 아직 소녀 같은 분이라서 영주님의 지시에 등을 돌린다는 행동의 의미를 잘 모릅니다. 너무 심한 벌은 주시지 않기를 부탁드립니다."

루퍼스는 울컥 머리에 피가 올랐다. 하인 주제에 자신에게 충고를 했다. 그것은 그도 또한 라일라에게 열을 올리고 있기 때문인 것이다.

"너에게 충고바라지 않았어. 됐으니까 라일라를 데리고 와라."

"예⋯⋯."

노스는 눈을 내리깔고 방을 나갔다.

자신은 폭군일까. 라일라에게 고통을 주는 남자라고 여기는 것일까. 지금까지 루퍼스는 주변에서 벌어지는 일 따위는 아무래도 좋다고 생각해 왔다. 적어도 이 저택으로 옮겨오고 나서는.

그렇지만 지금은 이런 식으로 마음이 혼란해져 있었다. 자신을 그런 식으로 바꾼 사람은 틀림없이 라일라였다. 라일라 때문에 자신은 다른 사람이 어찌 생각하는가를 신경 쓰는 남자가 되어버리고 말았다.

나는 짐승이다. 나는 영주다. 그러니 인간이 생각하는 일 따위는 아무래도 좋은 것이다.

조심스럽게 문을 두드리는 소리가 들렸다. 애첩의 귀환이었다. 루퍼스는 가면을 쓴 채 방으로 들어오도록 재촉했다.

라일라는 루퍼스의 가면을 보고서 얼굴을 굳혔다. 그녀의 눈은 젖어 있었고, 뺨에는 눈물자국이 남아 있었다. 그 모습을 본 순간, 루퍼스는 저도 모르게 가면을 벗어버렸다.

그녀를 울린 사람은 대체 누구냐. 그녀를 이런 식으로 울린 상대에게는 죄를 물어야만 했다. 루퍼스는 무의식중에 그녀의 곁으로 다가가 그 입술을 빼앗았다.

이 여자는 내 것이다……!

라일라가 자신의 키스에 응하자, 지금까지 가슴 속에서 미쳐 날뛰고 있던 폭풍은 절반 이상 가라앉았다. 자신의 가장 소중한 것을 되찾은 기분이 들어서 안심되었다. 그녀가 팔 안에 있다면 이제 다른 일은 아무래도 좋았다. 다른 사람의 평판도, 자신에게 향해진 시선도, 그리고 자신의 평가 역시 아무래도 좋았다. 짐승 영주라고 좋을 대로 소문내면 그만이었다.

격렬하게 키스를 한 후, 루퍼스는 살짝 입술을 떨어뜨렸다. 그녀의 젖은 눈동자를 바라보자 가슴안의 뜨거운 감정이 치밀어 올랐다.

"돌아온 건가……."

루퍼스의 목소리는 갈라져 있었다. 라일라가 고개를 끄덕였다. 그리고 눈을 내리깔면서 입을 열었다.

"저…… 루퍼스님께서 허락해 주시지 않을 거라고 생각했습니다. 제멋대로 집으로 돌아가 버려서……."

라일라의 목소리는 떨렸다. 자신이 그녀를 겁먹게 한 것일까. 그렇게 생각하면서 루퍼스는 라일라를 긴 의자에 앉혔다. 그리고 자신도 그 옆에 앉았다.

될 수 있으면 무릎 위에 올리고 싶을 정도였다. 그뿐만 아니라 침실로 데리고 가고 싶었다. 지금 당장 라일라를 원했다. 그러나 루퍼스는 자신을 제어하기로 했다. 그녀를 이 이상 겁먹게 해서는 안 된다. 일단, 그녀가 나갔던 이유를 명확히 하자.

"쥬크에게서 들었다. 네 아버지가 무거운 병에 걸렸다고. 네 아버지의 몸 상태는 어떻지? 좋지 않아서 그렇게 우는 건가?"

라일라의 뺨에는 아직 눈물이 흘러나오고 있었다. 그 눈물의 이유가 부디 자신의 키스 탓이 아니기를, 루퍼스는 어울리지도 않게 신에게 기도했다.

"아버지는 단순한 감기였어요. 언니가 허풍으로 편지를 썼습니다. 저에게…… 집안 청소를 시키려고……."

루퍼스는 다시 머리에 피가 올랐다. 그녀의 언니는 동생을 돈이 안 드는 고용인처럼 다루려고 했던 것이다. 자신도 저택의 사용인에게 지독한 취급을 하고 있는지도 몰랐지만, 적어도 돈을 주지 않고 일을 시키는 짓은 하지 않았다. 일한 만큼의 대가는 주고 있을 터였다.

라일라의 손은 떨리고 있었다. 그것은 슬픔 때문인지, 그렇지 않으면 분노 때문인지 알 수 없었다. 루퍼스는 라일라의 손을 잡고 그 손끝에 키스를 했다.

"그밖에는 무슨 일이 있었지?"

"저…… 돌아가는 도중에 마티아를…… 마을에서 가장 수다스러운 부인을 만나고 말았어요. 그 후, 마티아는 제 언니에게 말한 모양이에요. 라일라가 창부가 되어서 돌아왔다고."

"뭐라고……!"

루퍼스는 큰 소리를 칠 뻔했지만, 일단 라일라의 이야기를 듣는 쪽이 먼저라고 생각했다.

"어째서, 그…… 마티아라는 여자는 그렇게 생각했지?"

"제가 예쁜 드레스를 입고 있어서예요. 머리장식에 다이아몬드가 박혀 있어서예요. 하녀가 아니라는 사실은 물론 금세 안 것이 틀림없지만, 설마 창부라는 말을 들을 줄은 생각도 못했어요."

물론 루퍼스도 같은 의견이었다. 어디가 창부라는 거냐. 아니면 영주의 요구에 응하는 일은 창부가 되는 것과 마찬가지인 것일까.

루퍼스는 가슴이 아팠다.

"물론······ 마티아도 언니들도, 제가 영주님의 애첩이 되었다는 사실을 알았어요. 그래서 일부러 창부라고 말하며 멸시한 거예요. 언니 두 사람에게 비난받고, 아버지에게도 두 번 다시 돌아오지 말라는 말을 들었어요······."

라일라의 손을 잡고 있던 손에 무심코 힘이 들어가고 말았다. 그녀가 작게 비명을 질렀기에 허둥지둥 힘을 뺐다.

어째서 이런 착한 아가씨를 향해 그녀의 아버지는 다정한 말을 걸어주지 않는 것일까. 루퍼스는 이상하기 그지없었다.

"아버지는 목사니까······. 마을에 소문이 나는 일을 견딜 수 없었던 거예요. 행실 나쁜 타락한 딸이 있으면 마을 사람에게 설교 따위는 할 수 없는걸요. 언니는······ 저 때문에 시집갈 수 없을지도 모른다고······."

라일라는 또다시 눈물을 흘렸다. 루퍼스는 가슴이 죄어

드는 기분이 들었다.

라일라는 식인 영주의 곁으로, 희생물로서 내어졌다. 마을 사람 모두가, 그리고 그녀의 가족 역시 라일라가 희생하면 된다고 생각했던 것이었다. 그런 그녀가 살아 있었으니 기뻐해야 마땅했다. 그런데 어째서 집에 왔냐며 그녀를 상처 입히려고 한 것일까. 어째서 그녀에게는 그런 식으로 괴롭혀도 상관없다고 생각하는 것일까.

너무나 부조리하다고 생각했다. 라일라가 남을 원망하는 아가씨가 아니기 때문에 이런 꼴을 당하는 것일까. 누구보다도 다정하고, 성격 좋은 아가씨인데.

그러나 라일라가 짐승 영주의 애첩이라고 여겨져 멸시받은 것에는 루퍼스에게 책임이 있었다. 그녀의 순결을 억지로 빼앗고 몇 번이나 몸을 섞었다. 그리고 그 보답인 양 그녀를 꾸민 것이었다.

그랬다. 자신의 애첩이었다. 그 지위에 어울리도록 그는 그녀에게 선물을 했다.

그러나 그 행동이 덫이 된 것이었다. 그녀가 마을로 돌아가면 그런 마음고생을 하리라고 처음부터 알고 있었는데.

처음에는 라일라를 농락하고 버릴 셈이었다. 이제 와서 새삼스럽지만, 무서운 생각을 했었다. 아무리 짐승 영주라고 불리고 있다 해도, 정말로 그런 일을 했다면 귀축만도 못한 소행이었다. 죄도 없는 마음 다정한 처녀를 지옥으로 떨어뜨리는 짓을 하려고 했다니.

그러나 지금의 자신은 달랐다. 라일라의 배려심을 접하고서 변했을 터였다. 크게 바뀌지는 않았지만, 적어도 그녀의 앞에서는 모든 것을 드러냈다. 과거까지 이야기했다. 사람을 믿을 수 있으리라고는 지금도 생각하지 않았지만, 그래도 그녀는 믿을 수 있었다.

루퍼스는 이대로는 두고 볼 수 없었다. 라일라를 위해서 라일리의 명예를 되찾아주고 싶었다. 마을 사람의 생각 따위는 아무래도 좋다고 생각했지만, 라일라가 상처를 입는다면 그것을 어떻게든 해주고 싶었다.

애첩이라고 멸시받는다면 결혼하면 그만이다.

루퍼스의 머릿속에 그런 생각이 갑자기 떠올랐다.

자신은 지금까지 결혼하는 일 따위는 생각해 본 적도 없었다. 언젠가는 아내를 맞이하게 될지도 모른다고 생각했지만 지금은 너무 이르다고 생각했고, 결혼한다고 해도 후계자를 만드는 일 이외에 아내와 맞닿고 싶다고는 생각하지 않았다.

애당초 후계자를 만들지 않아도 상관없다고 생각했다. 골육상쟁 같은 것은 이미 지긋지긋했기 때문이었다.

그러나 라일라를 위해서라면…….

라일라를 신부로 삼는다고 생각하기만 해도 루퍼스의 가슴은 기쁨으로 터질 것만 같았다. 라일라는 애첩 같은 호칭

이 어울리지 않았다. 도시에 점잔 빼는 상류계급의 여자는 얼마든지 있었다. 그러나 라일라 같은 여자는 드물었다. 이렇게까지 자신의 마음을 부드럽게 만들어주는 여자는.

그렇지만 지금 라일라와 결혼한다고 해도 그것으로 그녀의 명예가 회복될까.

자신은 짐승 영주라고 불리고 있었다. 그것도 사람을 잡아먹는 영주라는 소문도 있었다. 그런 사내의 아내가 되었다고 해도 역시 그녀는 멸시받고 말 것이 뻔했다. 그렇다면 그 소문을 불식시켜야만 했다.

그렇다. 그 속이 시커먼 숙부도 훌륭한 영주라고 불렸다. 그렇다면 자신도 노력해서 평판을 회복하면 된다. 그리고 라일라를 아내로 맞이하자.

모든 것은 그녀를 위해서.

루퍼스는 라일라의 어깨를 살짝 안았다. 이 얼마나 가느다란 어깨인가. 이렇게 가녀린 그녀에게 자신은 그 무슨 악명을 씌우고 만 것일까.

"라일라……. 나는 지금까지 줄곧 저택에만 틀어박혀 있었으니 마을에서는 자못 평판이 나쁘겠지? 그런 영주의 애첩이라고 불려서, 네가 얼마나 상처 입었을지 생각하면……. 용서해 줘."

루퍼스가 사과하자 라일라는 놀란 모양이었다.

"저기…… 저는……. 저야말로 루퍼스님께 사과드려야

해요."

"어째서 네가 사과하지?"

"루퍼스님께서 집으로 돌아가서는 안 된다고……."

"네가 집으로 돌아간 이유는 쥬크에게 들었어. 나야말로 미안했다. 집으로 돌아가서는 안 된다고 금지한 내가 잘못했어."

라일라의 어깨에서 힘이 빠지는 것이 느껴졌다. 그녀는 분명 돌아오면 비난받을 각오를 했던 것이리라.

"그렇지만 벌은 이미 받았어요. 무엇보다 아버지에게 두 번 다시 돌아오지 말라는 말을 들은 게 충격이었어요."

루퍼스는 고개를 끄덕였다. 그녀를 상처 입힌 사람에게 전부 복수해 주고 싶었다. 그러나 라일라는 분명 그런 일은 바라지 않으리라. 라일라의 가족에게 채찍질한다고 해도, 라일라가 기뻐할 리가 없는 것이었다. 기뻐하기는커녕 채찍질을 한 루퍼스에게 덤벼들 것이 틀림없었다.

라일라가 그런 아가씨였기에 자신은 그녀가 마음에 들었던 것이었다. 그렇다고 한다면, 마을 사람이나 라일라의 가족은 마음에 들지 않았지만 복수를 해서는 안 된다는 뜻이리라.

얄궂은 일이었다. 더할 나위 없을 정도로 화가 났는데도 마을 사람들의 비위를 맞출 일을 생각해야만 한다니.

루퍼스는 라일라에게 선언했다.

"나는 너에게 창피를 주지 않도록 앞으로 훌륭한 영주가 되려고 해."

"정말로요……?"

이쪽을 바라보는 라일라의 눈동자가 반짝반짝 빛났다. 루퍼스는 그 반응에 만족하며 질문했다.

"하지만 어떻게 하면 좋을까. 멋진 영주라고 추앙받던 숙부처럼 되고 싶은데."

라일라는 잠시 동안 생각에 잠기더니 이윽고 입을 열었다.

"짐승 가면을 벗어야만 해요."

라일라의 말에 루퍼스는 동요했다. 가면까지 벗을 생각은 아니었다. 이 가면은 맨 얼굴을 가리기 위함뿐만이 아니라, 자신의 마음을 지키기 위한 것이기도 했다. 자신이 짐승이라고 주장함으로써 다른 사람의 간섭을 막는 의미도 있었다.

"가면을 쓰지 않으면, 다들 놀라서 내 얼굴을 빤히 보겠지."

"바라본다고 해도 그게 어떻다는 건가요? 당신의 얼굴은 아름다워요……. 제 말을 믿으세요."

라일라의 말에 루퍼스의 마음이 움직였다. 그녀를 위해서 융통성을 발휘할 셈이었지만, 그녀는 우선 첫 번째로 가장 중요한 부분을 치고 들어왔다. 이 얼마나 용맹한 여성인

가. 다른 누구도 여기까지 파고들어 오지 않았다.

"내 맨 얼굴은 너만 알면 충분하다고 생각하는데……."

"그렇지 않아요. 전…… 당신에 대해서 다들 알아주었으면 해요. 당신은 숙부님보다 훨씬 좋은 영주가 될 거예요. 그렇게 되면 다들 자신들이 잘못 알고 있었다는 사실을 깨달을 거예요."

그렇다. 그것이 노림수였다. 마을 사람에게 자신들이 영주에 대해 잘못 알고 있었다는 사실을 알려주고 싶었다. 그리고 그 신부가 될 라일라는 마음이 깨끗한 아가씨라는 사실도.

루퍼스는 라일라의 얼굴을 자신 쪽으로 돌렸다. 그녀의 개암나무빛 눈동자가 지그시 자신을 쳐다보았다. 그것만으로도 자신의 안에 수많은 인간과 마주할 용기가 흘러넘쳤다.

"……도와주겠나? 내가 훌륭한 영주가 될 수 있도록."

"물론이에요."

라일라는 미소를 지었다. 그때 그녀의 얼굴이 무척이나 아름답게 보여서…….

루퍼스는 자신이 그녀를 사랑하고 있다고 생각했다.

제5장
이별의 예감

라일라는 루퍼스의 생활 그 자체를 처음부터 전부 고쳐 보았다. 즉, 아침에 일어나서 밤에 자는 생활을 하도록 하는 것이었다. 게다가 그가 어두운 시간에 승마하는 것은 그다지 좋지 않다고 생각했다. 만약에 무슨 사고가 일어났을 때, 아무도 그를 도와줄 수 없기 때문이었다.

일단 시작으로 저택의 하인 앞에서 맨 얼굴을 드러내도록 했다. 모두가 하나같이 놀랐지만 그것도 처음뿐이었고, 나중에는 흘끔흘끔 보거나 하는 일은 없어졌다.

"다음은 어떻게 하면 되지?"

루퍼스는 기분이 좋아져서 물었다.

"다음은…… 마을 유력자의 가족을 저택으로 초대하면
돼요. 식사를 함께하자고요."

라일라는 루퍼스를 위해 마을 유력자들에게 그런 취지를
담은 편지를 썼다. 영주의 초대에 그들은 간담이 서늘했겠
지만 무시할 수는 없을 터였다. 하여튼 올 수밖에 없는 것
이었다.

"라일라, 어째서 혼자 웃는 거지?"

루퍼스는 라일라가 활기를 되찾은 것을 기뻐해 주었다.

그날 마을에서 돌아왔을 때 그가 얼마나 크게 노했을까
걱정했는데, 그는 화내기는커녕 다정하게 위로해 주고는
스스로 훌륭한 영주가 되겠다고 맹세해 주었던 것이었다.

이렇게 기쁜 일은 없었다. 그렇다고는 해도, 그가 훌륭한
영주가 되는 일과 자신이 그의 애첩이라서 마을 사람들에
게 멸시받는 일은 아무런 관계가 없다고 생각했지만.

"그렇지만 당신을 두려워하는 사람들이 이 저택으로 온
다고 생각하니……."

그들도 라일라가 살아 있다는 이야기는 들었을 터였다.
잡아먹힐 것이라고는 생각하지 않겠지만 역시 무서우리라.

"라일라, 너도 함께 식사를 하는 거다."

"엇……. 저도 동석하라는 말씀이신가요?"

라일라는 놀랐다. 마을 사람들은 이미 자신을 영주의 애
첩이라고 여기고 있으니, 이제 와서 새삼스럽게 숨어 보았

자 의미는 없었다. 그러나 그래도 그들의 경멸에 찬 시선을
받는 것은 마음이 내키지 않았다.

"너를 멸시하게 두지는 않아. 나를 믿어줘."

그가 그렇게 말하면 라일라는 거역할 수 있을 리가 없었
다. 확실히 그의 앞에서라면 라일라를 멸시하지는 않으리
라. 그 사실은 알고 있었지만, 그들의 마음속은 분명 다를
것이다.

"게다가 너도 보고 싶겠지? 그 녀석들이 나에게 간살을
떠는 모습을."

루퍼스의 말에 라일라는 저도 모르게 웃었다. 확실히 그
들은 간살을 떨어오리라. 지금까지 제멋대로 영주에 대해
소문을 퍼뜨린 주제에, 여차할 때에는 분명 손바닥을 뒤집
는 태도를 취할 것은 틀림없었다.

"알겠어요……. 마음이 내키지는 않지만 동석할게요. 당
신 역시, 사실은 그들과 식사 따위를 하고 싶지는 않겠지
요."

루퍼스가 노력하고 있으니 자신도 노력해야 마땅했다.
라일라의 장래는 이미 닫혀 있었다. 그들이 아무리 얕본다
고 해도 마찬가지였다. 그렇다고는 해도 목사인 아버지나
언니들은 어떻게 생각할지 몰랐지만.

어차피 이 이상 나빠질 것은 없었다. 루퍼스가 훌륭한 영
주라는 사실을 알게 되면, 라일라에 대해서도 조금쯤은 좋

게 이야기하게 될지도 모른다. 라일라는 아주 작은 희망을 품었다. 짐승 영주님이 아니라, 이렇게 아름다운 영주님의 애첩이니까.

이윽고 저녁 식사 시간에 맞춰서 초대된 마을 사람들이 몇 명 찾아왔다. 다들 긴장한 표정을 짓고 있었다, 그중에는 마티아도 포함되어 있었다. 그녀는 한껏 치장한 모습이었지만 얼굴은 창백했다. 짐승 영주에게 불려온 것이 무서운 것이리라.

라일라는 마치 여주인처럼 루퍼스와 함께 손님을 맞이했다. 손님은 루퍼스의 얼굴을 보고 놀라고, 라일라를 보고서도 놀랐다. '짐승 영주님'이 사람을 잡아먹을 만한 용모를 하고 있지 않다는 사실을 모두가 납득해 주면 그것으로 충분하다고 라일라는 생각했다.

그렇다. 나는 어떤 식으로 여겨진다 해도…….

루퍼스만 훌륭한 영주라고 여겨지면 그것으로 족했다. 어차피 마을에는 라일라가 영주의 애첩이라는 소문이 돌고 있었을 것이 틀림없었다. 그리고 그 소문을 앞장서서 퍼뜨린 사람은 마티아이리라.

마티아는 라일라와 눈이 마주치자 고개를 홱 옆으로 돌렸다. 그녀는 라일라보다 열 살 정도 연상일 터임에도 불구하고 그녀의 행동은 마치 젊고 어리석은 아가씨처럼 보였다. 하지만 라일라에게 그런 태도를 취하는 마티아 역시 루퍼스의 얼굴은 황홀하게 바라보고 있었다. 뺨에 상처가 있긴 했지만 결국 그의 미모에는 변함이 없는 것이었다.

루퍼스는 손님들을 향해서 다소 차가운 웃음을 띠웠다. 그들에게 마음을 허락해서는 안 되기 때문이었다.

"내가 이곳의 영주가 된 것도 벌써 칠 년 전이지만, 지금까지 영주의 일을 방치하고 있었던 것은 미안하게 생각한다. 앞으로는 영주로서 영지민과 교류하기로 했어. 혹시 곤란한 일이 있으면, 무엇이든 상담해 주길 바란다. 일단 너희들과 저녁 식사를 함께하도록 하지."

초대된 마을 유력자들은 잡아먹힐 일은 없다는 사실을 알고서 안심한 모양이었다. 그들은 이곳에서 대접받고 마을로 돌아가면, 분명 영주는 평범한 인간이라는 말을 퍼뜨리고 다닐 것이다. 물론 그 역할은 마티아만으로도 차고 넘치겠지만.

긴 테이블에서 식사가 시작되었지만, 그다지 온화한 분위기라고 말하기는 어려웠다. 어쨌거나 상석에 홀로 앉은 루퍼스는 사교적이지 않았기 때문이었다. 그래도 영주와 식사하는 기회를 얻게 된 마을 사람들은 점차 터놓고 이야기하게 되어, 술이나 호화로운 식사를 즐기게 되었다.

라일라는 그들에게 자신이 어떻게 여겨지고 있는지 알았기 때문에 함께 있기가 거북했다. 그러나 루퍼스를 위해서 무언가를 돕고 싶다는 마음 하나로 이 자리에 있었다. 그래

서 자신의 양옆에 앉은 사람들에게 말을 걸며 자리를 부드
럽게 만들려고 노력하고 있었다.

라일라와는 제법 자리가 떨어져 있던 루퍼스가 이쪽을
보고 빙긋 미소를 지었다. 잘하고 있다고, 그녀의 노력을
인정해 준 것이리라. 그것만으로도 라일라는 기뻐졌다.

그는 유리잔을 손에 들고 와인을 입에 머금었다. 그리고
조금 커다란 목소리로 모든 사람에게 들리게끔 말했다.

"그러고 보니…… 라일라에게 들었는데, 마을 사람들은
다들 나에 대해서 사람을 잡아먹는 괴물이라고 굳게 믿고
있는 모양이더군."

라일라는 놀라서 식사를 하던 손을 멈추었다. 마을 사람
들 역시 루퍼스의 말에 일순 얼어붙고 말았다.

"그것은 지금까지 영주님을 뵌 적이 없었기에 상상이 부
풀려지고 만 것뿐입니다. 그러나 앞으로는 더 이상 그런 말
을 하는 사람은 마을에서 한 사람도 없게 되겠지요."

어느 약삭빠른 사람이 간살스럽게 웃으며 말했다. 그러
자 즉시 다들 차례차례 그의 말에 동의했다.

"그렇습니다. 우리들 영지민은 영주님에게 충성을 맹세
하고 있으니까요."

"앞으로는 무책임하게 그런 소문을 퍼뜨리는 자에게는
벌을 내려야겠죠."

"영주님의 얼굴을 뵈면, 소문은 금세 가라앉을 겁니다."

제각기 루퍼스에게 알랑거리는 발언이 날아들자 다시 분위기는 부드러워졌다. 그러나 마티아가 악의를 가득 담아 입을 연 탓에 모두 물거품이 되었다.

"그런데 라일라, 너는 이곳에서 무얼 하고 있는 거니? 바닥이라도 닦는 건가 하고 생각했는데."

모두가 라일라에게 그 질문은 피하고 있었을 터였지만 마티아는 용서가 없었다. 그녀의 눈은 어째서 라일라가 자신들과 함께 이곳에서 식사를 하고 있는지를 물을 뿐이었다.

그러나 그것은 당연히 예상하고 있던 일이었다. 라일라는 준비했던 말을 하려고 입을 열었다. 그러나 루퍼스가 끼어드는 쪽이 빨랐다.

"라일라는 내 상담역이다. 나를 보다 좋은 영주로 이끌어주려고 노력하고 있지. 실은 이 식사 모임도 라일라의 생각이다."

"상담역……. 어머."

마티아는 라일라를 뚫어져라 노려보았다. 그렇지는 않을 것이라 말하고 싶은 모양이었다. 그러나 라일라는 의연하게 그녀의 시선을 되받아쳤다. 모처럼 루퍼스가 감싸주었다. 스스로 자신 없어 보이게 고개를 숙이면 그의 배려가 물거품이 되고 만다.

"비서라고 불러도 좋을지도 모르겠군. 라일라는 무척이

나 유능하다. 무슨 일을 시키든지 잘 처리해 주지. 과연 목
사의 딸이야. 교육이 잘되어 있어서 굉장해."

칭찬이 지나치다 싶을 정도로 루퍼스는 라일라를 추켜세
웠다. 단순한 애첩이 아니라는, 좋은 인상을 심어주기 위해
서이리라.

"정말이지 그 말씀대로입니다. 펠튼 목사는 마을의 자랑
입니다. 물론 그 딸들도 세 사람 모두 멋집니다."

마티아의 남편이 그렇게 말하자 라일라는 안심했다. 이
것으로 아버지도 마을에서 눈칫밥을 먹지 않아도 된다. 두
번 다시 돌아오지 말라는 말을 들은 라일라였지만, 루퍼스
의 말에 구원받은 듯한 기분이 들었다.

루퍼스가 무슨 말을 할 때마다 마법처럼 자신이나 자신
의 가족에 대한 인상이 바뀌어갔다. 그가 하는 말은 절대적
인 것이었다. 마을 사람들은 그렇게 소문을 내리라. 라일라
가 단순한 애첩이 아닌 모양이라고.

마을 사람 중 한 명이 루퍼스에게 말했다.

"앞으로는 마을 축제에도 얼굴을 비추어주시겠습니까?
가을 수확 때에 술과 음식을 가지고 와서 노래하거나 춤을
추거나 합니다."

"그렇군. 그러도록 하지. 이런 모임도 좀 더 빈번하게 행
할 생각이지만, 무언가 곤란한 일이 있으면 언제든지 이곳
을 방문하도록 해라."

즉, 누구든지 환영한다는 식으로 루퍼스는 말하고 있는 것이다. 인간불신 덩어리에 사교적이지 않은 그가 그렇게까지 말해주었다. 그는 라일라를 위해서라고 생각하는 모양이었지만, 그 자신을 위해서도 그것은 좋은 경향이었다.

루퍼스는 줄곧 혼자서 지나치게 틀어박혀 있었다. 좀 더 마음을 열고서 많은 사람과 어울리는 편이 나았다. 그렇게 함으로써 그의 세계는 보다 열리고 행복해질 것이다.

라일라 본인은 조금 쓸쓸한 기분이 들었지만, 더 이상 그는 자신만의 것이 아니었다. 그의 맨 얼굴을 많은 사람이 알게 되면 그도 자신의 얼굴이 결코 짐승 따위가 아니라 정말로 아름다운 모습이라는 것을 깨닫게 되리라.

그가 바깥 세상에 나가면 나갈수록 라일라는 버려질 가능성이 높아져 간다. 이윽고 자신은 그에게 필요 없는 존재가 될 것이다. 훨씬 아름다운 여성이 그에게 무리를 짓게 되리라. 욕망을 채우는 일에 있어서도, 굳이 라일라여야만 한다는 이유는 없었다.

그리고 아내감 역시 찾아낼지도 모른다…….

라일라의 가슴에 통증이 퍼졌다. 아니, 처음부터 알고 있었던 일이었다. 그가 바라는 것은 라일라의 몸일 뿐. 결혼은 그녀보다 훨씬 아름다운 아가씨나 집안이 좋은 아가씨와 할 것이 틀림없었다.

식사 모임은 무사히 끝났다.

그러나 라일라의 시련은 그것뿐만이 아니었다. 다음에 초대된 사람은 라일라의 가족이었기 때문이었다.

아버지, 그리고 에일라와 마일라는 의기양양하게 저택으로 찾아왔다. 그들은 이미 마티아가 퍼트린 소문 이야기를 듣고서 루퍼스가 제대로 된 영주라는 사실을 알고 있었기 때문이리라. 라일라의 가족을 만난 루퍼스는 그들에게도 라일라가 유능한 상담 상대라고 말을 불어넣었다.

그러나 라일라는 두 언니가 노골적으로 루퍼스의 마음을 끌려고 하고 있다는 사실을 깨닫고서 어안이 벙벙했다. 그렇게나 라일라를 비난했으면서. 두 사람의 부끄러운 행동거지를 아버지는 눈치채지 못한 모양이었다. 아버지는 루퍼스와 대화하는 일을 즐기고 있었기 때문이었다.

루퍼스의 식사 모임이 효과가 있었다고 해야 할지, 라일라는 복잡한 기분이 들었다. 집안의 수치라는 말을 들었고, 두 번 다시 돌아오지 말라는 말을 들었다. 지금은 세 사람 모두 어떻게 생각하고 있을까.

세 사람은 소중한 가족……. 그렇게 생각했지만 라일라는 더 이상 자신이 없었다. 루퍼스가 말한 대로 그들은 자신을 이용할 뿐이었다. 그리고 다정한 마음을 가지고 있지 않은 것처럼 여겨졌다.

에일라가 긴 속눈썹을 깜빡이면서 커다란 녹색 눈동자로 루퍼스를 쳐다보며 말했다.

"영주님도 한번 목사관으로 오셨으면 좋겠어요. 저희들이 정성껏 대접해 드릴 테니까요."

누가 그 집에서 루퍼스를 대접한다고 말하는 것일까. 청소도 제대로 되어 있지 않은 모양인데. 누군가를 고용할 생각일까. 라일라는 자신이 그 때문에 불려가는 일이 없기를 기도했다.

마일라도 언니에게 지지 않고 곁눈질처럼 보이는 시선을 루퍼스에게 날렸다.

"저희들, 좀 더 라일라와 자주 만나고 싶어요. 괜찮다면 이 저택에 때때로 들를 수 있다면 기쁘겠는데요."

라일라는 섬뜩해졌다. 마일라의 목적은 라일라가 아니라 루퍼스라는 사실을 깨달았기 때문이었다. 지금까지 알지 못했던 언니들의 본성을 엿본 것 같은 기분이 들었다.

그러나 루퍼스는 매력적인 웃음을 띠우며 고개를 끄덕였다.

"그래, 상관없어. 언제든지 환영하지. 그리고 목사관에도 언젠가 실례할지도 몰라."

라일라는 실망했다. 아니, 실망하는 것은 잘못된 일일까. 속이 좁은 걸지도 몰랐다. 그러나 루퍼스가 두 아름다운 언니들의 포로가 된 것은 아닐까 하고, 걱정되고 마는 것이었다.

왜냐하면 누가 보아도 두 사람은 아름답기 때문이었다.

라일라는 두 사람처럼 되고 싶어도 될 수 없었다. 같은 자매인데 자신만 전혀 달랐다. 머리카락 색깔도, 눈동자 색깔도 언니들에게는 이길 수 없었다.

루퍼스가 언니들에게 끌리는 것은 무리도 아니라는 생각이 드는 것이었다.

그가 바깥세상으로 눈을 돌리게 된 것은 기쁜 일인데도 이런 일로 질투를 하다니, 역시 자신은 속이 좁은 것이리라. 그러나 가슴 안쪽에 깃드는 정체모를 검은 어둠은 스스로는 어쩔 수 없는 것이었다.

*　　　*　　　*

그러는 사이 라일라가 영주의 애첩이라는 소문은 사라져 버린 모양이었다.

어째서냐 하면, 영주의 아내가 되고 싶다고 바라는 마을 아가씨가 늘어났기 때문이었다. 그리고 영주에게 딸을 시집보내고 싶어 하는 부모들의 속내도 있어서, 라일라는 애첩이 아니라 단순한 상담역이라고 매듭지어졌다.

라일라의 명예는 회복되었다고 말해도 좋은 것일까. 그렇지만 어떻게 생각해 보아도 사용인치고 라일라는 예쁜 드레스를 너무나 잔뜩 가지고 있었다. 아무래도 그 점에는 다들 못 본 척 하고 있는 모양이었다. 불리하기 때문일까.

그 일은 어찌 되었든 간에 루퍼스는 라일라와 함께 몇 번이나 마을을 방문하며 마을에 도움이 될 일을 시작했다.

우선 학교를 세우기로 했다. 가난한 아이들에게도 교육의 기회를 주고 싶다는 것이 루퍼스의 지론이었다. 그 자신이 욕심 많은 숙부 때문에 목숨을 위협받았던 탓에 비참한 어린 시절을 보냈기 때문이리라. 루퍼스는 유난히 어린아이에게는 다정했다.

그리고 마찬가지로 가난한 노인의 집을 방문하며 생활에 불편함이 없는지 아닌지 묻고 다녔다. 그는 훌륭한 영주가 되겠다는 목적을 위해서 그렇게 하고 있다고 말했지만, 아무래도 쑥스러워 하는 것도 있는 모양이었다.

진심으로 남을 위하고 있다고 여겨지는 일은 짐승 영주라고 불리던 자의 체면에 관계되는 모양이었다. 라일라는 영지민이 보내는 호의나 감사의 마음을 제대로 받아들이면 그만이라고 생각했지만, 역시 그는 삐뚤어져 있는지도 몰랐다. 감사를 받아도 그것은 라일라가 낸 아이디어라고 말한 적이 몇 번이나 있었다.

아무리 그래도 루퍼스의 애첩에 지나지 않는 자신이 그렇게 많이 말참견을 할 수 있을 리가 없었다. 그렇지만 그가 그렇게 말하니 라일라에게도 감사하는 사람들도 나타났다. 분명 다른 사람의 말을 쉽게 잘 믿는 사람들이리라.

그 때문에 라일라가 영주의 애첩이 되었다고 멸시받는

일은 최근에는 그다지 없었다. 그 대신 젊은 아가씨를 데리고 온 어머니들이 부단히 방문하게 되어서, 저택은 이전에 비하면 눈에 띄게 활기차게 변했다.

그중에는 라일라를 찾아온 에일라와 마일라의 모습도 있었다. 그렇다고는 해도 그들의 목적은 루퍼스인 모양이었다. 루퍼스는 언니들에게는 특별히 붙임성이 좋아서, 라일라의 눈에는 그가 자신과 함께 있을 때보다 언니들과 함께 있는 편이 즐거운 듯이 보여서 견딜 수 없었다.

에일라와 마일라는 라일라보다 훨씬 아름다웠다. 라일라는 태어났을 때부터 언니들에게 비교당하면서 살아왔었다. 두 사람 모두 금발과 녹색 눈동자를 지녔는데, 라일라만이 옅은 갈색의 머리카락에 개암나무빛 눈동자였다. 비교하자면 아무래도 불리했다. 같은 자매인 만큼 라일라는 어째서 자신만이 이런가 하고 생각할 수밖에 없었다.

이제 루퍼스에게 자신 따위는 방해가 될 뿐인지도 몰랐다. 실제로 요 근래에는 그다지 잠자리를 함께하지 않았다. 루퍼스가 짐승 영주로 만족하고 있었을 때에는 매일 밤 침대를 함께 썼는데, 최근에는 라일라의 침실을 방문하지 않게 되었고 라일라에게 자신의 침실로 오라고 고하지도 않게 되었다.

나에게…… 이제 질린 건가?

언젠가 그런 날이 오리라는 사실은 알고 있었다. 분명히 질려서 버려지리라는 사실도. 그러나 라일라 쪽은 아직 마음의 준비가 되지 않은 것이었다. 좀 더 그의 곁에 있고 싶었다. 그에게 안기고 싶었다. 그의 곁에서 잠들고 싶었다.

그렇게 생각하는 사람은 자신뿐이라고 생각하자 안타까웠다. 요 근래 그는 침대 이외의 장소에서도 데면데면해진 것 같은 기분이 들었다, 공연히 예의발라져서 라일라를 함부로 건드리는 일도 줄어들었다.

신기하게도 이런 상태인데도 루퍼스는 마을로 나갈 때나 마을의 누군가와 만날 때에는 항상 라일라를 곁에 두었다. 그 이유에 대해서는 라일라도 잘 몰랐지만.

언제 루퍼스가 저택에서 나가라는 말을 꺼낼까, 그런 생각을 하면 매일 아침 일어나기가 괴로워졌다. 그런데도 그는 마을 사람들에게는 붙임성 있게 대했고, 아버지나 언니에게는 특히 정중하게 행동했다. 교회에는 많은 금액의 기부를 한 모양이었고, 언니들에게는 웃는 얼굴로 대했다.

나는…… 질투하고 있는지도 몰랐다.

아름다운 언니들에게 마음이 끌리는 것은 사람으로서 당연한 일이다. 언니들의 아름다움은 라일라도 인정하고 있다. 그렇지만 조금 더 자신에게도 신경 써주었으면 하고 생각했다. 언니들이 찾아오면 라일라는 어느새 방관자일 뿐이었다.

$*$ $*$ $*$

어느 날 아침, 일어난 후 라일라는 평소처럼 정원을 산책했다.

어젯밤도 혼자서 잠이 들었다. 외로워서 견딜 수 없었지만 어쩔 수 없다고 스스로 몇 번이나 타일렀다. 나가라는 말을 듣게 될 때가 그리 먼 일은 아닐지도 몰랐다. 요 근래 라일라는 우울했다. 루퍼스의 앞에서는 억지로 밝게 웃었지만, 이렇게 혼자 있을 때에는 더 이상 자신을 속일 수 없게 되었다.

나는 앞으로 어떻게 될까……?

쫓겨난다 해도 적어도 지금은 갈 곳이 있었다. 집으로 돌아가면 그만인 것이었다. 두 번 다시 돌아오지 말라고 들었던 것도 지금은 이미 없었던 일이 된 상태였다. 아버지는 이 저택에 초대되자 기분 좋은 상태로 찾아와서, 라일라에게도 말을 걸어왔기 때문이다.

아버지는 나에게 그런 심한 말을 했던 일을 이미 잊은 것일까.

라일라는 신기하기 그지없었다. 원한을 품은 것은 아니었지만 그 말을 들은 자신 쪽은 잊지 않고 있는데.

라일라는 벤치에 걸터앉아 한숨을 쉬었다. 이 장소도 이른 아침인 지금은 라일라 혼자만의 것이었지만, 저택에 누군가가 찾아오면 그렇지 못했다.

아아, 알고 있는걸. 루퍼스는 내 것이 아니야.

질투로 괴로워하다니, 그럴 권리는 나에게 없는걸.

루퍼스는 마침 가까이 있었던 자신을 안고 싶었을 뿐이었다. 그는 라일라 따위를 신용하는 것도 아닐 것이고 예쁜 아가씨들이 잔뜩 저택에 찾아오게 되었으니, 이제 와서 라일라에게 눈길을 주지 않아도 별 수 없었다.

"라일라……."

누군가 뒤에서 말을 걸어오자 일순 가슴이 철렁했다. 그러나 그것은 루퍼스의 목소리가 아니었다.

뒤돌아보자 그곳에 있던 사람은 쥬크였다. 최근에는 이렇게 때때로 말을 걸어주게 되었던 것이었다.

"좋은 아침이에요, 쥬크."

라일라는 가냘픈 미소를 지었다. 쥬크는 미간을 찌푸리며 라일라를 바라보았다.

"힘이 없구나. 요새 한동안 찾아오는 손님도 많았고, 바빴기 때문이겠지만……."

"나는 괜찮아요. 저택도 완전히 활기차졌네요, 지금의 영주님은 이제 어떻게 보아도 훌륭한 영주님이시니까……. 전 기뻐요."

"도저히 기뻐하는 것처럼은 보이지 않는다고. 굳이 말하자면 서글퍼하는 것처럼 보여."

쥬크가 지적하자 라일라는 쓴웃음을 지었다. 확실히 기쁜 것처럼은 보이지 않을지도 몰랐다.

"그건 내 속이 좁기 때문이에요. 사실은 좀 더 기뻐해야만 해요. 그렇게 틀어박혀 계시던 영주님께서 이제 와서는 모두를 받아들이게 되셨는걸요."

"라일라……. 네 마음을 알 것 같은 기분이 들어."

그런 식으로 동정받자 라일라는 억눌렸던 눈물이 흘러나오는 것을 느꼈다. 저도 모르게 손으로 눈가를 누르자 쥬크가 곁에 앉았다. 그리고 어색하게 손수건을 내밀었다.

"새하얀 손수건은 아니지만, 막 빨은 거니까 깨끗해."

라일라는 무뚝뚝한 그의 말투가 우스워서 살짝 웃었다. 그의 다정함이나 배려도 기뻤다. 사양하지 않고 그의 손수건을 눈가에 대고 눈물을 닦았다.

"걱정해 줘서 고마워요. 어쩐지 바보 같지만…… 요즘 나는 조금 눈물샘이 약해요. 그뿐이에요."

라일라는 도저히 솔직한 마음을 쥬크에게 털어놓을 수가 없었다. 그는 어렴풋이 눈치챘을지도 몰랐지만, 루퍼스와의 거리가 점점 벌어져서 지금 당장에라도 버림받을 것만 같다고는 역시 말할 수 없었다.

게다가 역시 이성이 자신에게 호소했다. 루퍼스가 자신에게뿐만 아니라 밖으로 눈을 돌리게 된 상황은 좋은 경향이라고. 그는 이제 짐승 영주님 따위로 불리지 않아도 되는 것이었다.

"우리들 저택에서 일하던 사람에게는 이 환경의 변화를 따라가는 게 큰일이야. 하물며 너는 더욱 그렇겠지. 영주님과 줄곧 함께 있으니까."

"그러네요……. 그렇지만 자기 일만 생각해서는 안 되니까요. 영주님이 좋으시면 그걸로 됐어요."

설령 질투로 자신의 마음이 찢어질 것만 같아져도 역시 참을 수밖에 없었다. 그래야만 지금 이 상황에 가까스로 루퍼스의 곁에는 남아 있을 수 있기 때문이었다.

라일라는 손수건을 돌려주며 억지로 미소를 지어 보였다. 그리고 아침 식사 용도로 쓰는 작은 식당으로 향했다. 전에는 그다지 사용하지 않았던 장소였지만, 루퍼스가 평범한 생활을 하게 되고 나서부터는 이곳에서 식사를 하고 있었다.

그곳에는 루퍼스가 이미 식사를 하고 있었다. 그가 테이블의 상석에 앉아 있었기에 라일라는 그 곁에 앉기로 했다.

"좋은 아침입니다, 루퍼스님."

방긋 웃으며 말을 걸었지만 루퍼스는 언짢은 모양이었다. 마주 웃어주지 않는 모습에 상처를 받으면서도, 라일라는 그 사실을 입 밖으로 내거나 하지는 않았다.

"너는 산책을 좋아하는군?"

"이곳의 정원을 좋아합니다. 루퍼스님께서도 산책을 하

시면 좋을 텐데요."

어느샌가 라일라는 이전처럼 딱딱한 말투로 돌아와 있었다. 지금의 루퍼스는 라일라에게 먼 존재가 되어가고 있었다. 그에게 항상 안기고 있었을 때에는 연인 같은 기분으로 지냈었는데.

"걷고 있으면 때때로 쥬크를 만나나?"

루퍼스의 질문을 듣고 라일라는 놀랐다. 그는 라일라가 쥬크와 이야기하고 있는 모습을 본 것이리라.

"……예. 잠시 이야기를 나누었습니다만……."

"너는 울고 있었던 모양이더군. 그 녀석이 너를 울렸나?"

"아니요. 당치도 않습니다."

그런 식으로 오해받을만한 장면이었을까. 분명히 자신은 울고 있었지만 그 이유는 쥬크의 탓이 아니었다.

"그럼…… 너를 울린 건 나인가?"

라일라는 루퍼스에게서 시선을 피했다. 그 때문에 울었다고도 할 수 있었지만, 문제는 그가 아니라 자기 자신의 마음이었다.

그가 자신에게 질린 것은 어쩔 수 없는 일이었다. 책망할 수 있는 일은 아니었다.

"그건…… 먼지가 눈에 들어갔을 뿐입니다."

루퍼스가 자신의 침대에 오게 않게 되어서 울고 있었다

고는 도저히 말할 수 없었다. 그가 이전과 마찬가지로 안아주었다면 안심할 수 있었으리라. 아무리 손님이 드나들어도, 아무리 에일라나 마일라가 아름답게 치장했다고 해도 관계없다고 생각할 수 있었을 터였다.

그러나 그는 더 이상 라일라에게 그다지 흥미가 없는 것이었다. 그래서 그것을 입에 담아 그렇지 않아도 미묘한 관계를 훨씬 미묘한 상태로 만들고 싶지는 않았다.

"너에겐 그 녀석 쪽이 어울릴지도 모르겠군."

루퍼스가 무슨 말을 한다 해도 지금만큼 상처 입을 수는 없을지도 모른다. 라일라는 숨이 막혀서 아무 말도 할 수 없었다. 눈물조차 나오지 않았다.

얼이 빠져 있노라니, 루퍼스는 조용하게 자리에서 일어났다.

남겨진 사람은 라일라 한 사람으로……

이제 와 새삼스럽지만 눈물이 흘러나왔다.

＊　　　＊　　　＊

오후가 되자 또다시 라일라의 가족이 찾아왔다. 그들은 곧잘 남의 집을 방문하곤 했지만, 그렇다고 해도 최근에는 이 저택에 드나드는 횟수가 너무도 많다고 생각했다.

집사가 그들을 거실로 안내했다. 루퍼스는 라일라를 데

리고 거실로 들어와 평소처럼 붙임성 있게 행동했다.

나에게는 아침 식사 때 이후 줄곧 말을 걸어주지 않았던 주제에.

오늘도 언니들은 잘 차려입고 있었다. 새 드레스일까. 그럴 돈이 있다면 교회에 기부하면 좋을 텐데 하고 라일라는 생각했지만, 퍼뜩 정신을 차렸다. 추한 질투심을 가지고 있으니 이런 식으로 생각하고 마는 것이었다. 언니가 예쁘고 행복해 보인다면 여동생인 자신은 좀 더 기뻐해 주어야만 할 텐데, 어째서 흠을 들춰내기만 하고 마는 것일까.

지금의 나는 마음까지 추해지고 말았다. 루퍼스를 너무 사랑한 나머지…….

사랑하지 않았더라면 이렇게까지 상처입지는 않았을 것이다. 다른 남자가 어울린다는 말을 듣고 아무 말도 할 수 없을 정도로 슬퍼지거나 하지는 않는다.

라일라는 목에 손을 가져다 대었다. 여러 가지 생각을 가슴에 쌓은 채 토해내지 않았던 탓인지 목까지 아파왔다.

에일라와 마일라는 드레스에 대해서 무언가 이야기를 하고 있었다. 루퍼스는 지루할 터인데도 그 말을 생글거리며 듣고 있었다. 언니들 중 어느 쪽인가가 마음에 든 것이 틀림없었다. 어느 쪽이든지 루퍼스와 잘 어울렸다.

라일라는 가슴에 깃든 검은 질투심을 억눌렀지만 도저히 제어가 되지 않았다. 언니들도 그렇고 아버지도 그렇고, 이곳에 찾아올 여유가 있다면 목사관 바닥이라도 닦으면 좋을 텐데. 그렇게 생각했지만 가까스로 입 밖으로 내는 일은 피할 수 있었다. 이곳에서 그런 말을 입에 담아 버리면, 자신이 질투하고 있다는 사실이 이곳에 있는 모든 이에게 들키고 만다. 그때 갑자기 아버지가 입을 열었다.

"그러고 보니 얼핏 들었습니다만, 대대로 영주님의 초상화가 장식 되어 있는 곳이 있다던가요……."

"아아, 서재 앞 복도에 죽 늘어서 있어. 라일라, 아버지를 안내해 드리도록 해."

루퍼스는 라일라를 이 자리에서 물리고 싶은 모양이었다.

"예, 분부대로 하겠습니다."

라일라는 일어서서 루퍼스에게 과장된 인사를 하하고는, 아버지를 초상화가 늘어선 복도로 안내했다.

"호오……. 이건 대단하구나. 이렇게나 선조가 많을 줄이야……."

아버지는 기쁜 기색으로 초상화를 차례로 둘러보았다.

"있잖니, 라일라. 너는 아무래도 우리 집에 행복을 실어 온 것 같구나."

"무슨 의미죠?"

무슨 말을 하는지 의미를 알 수 없었다. 루퍼스는 누구든지 저택에 와도 좋다고 했지만, 실제로 빈번하게 드나드는 사람은 극히 적은 사람뿐이었다. 아버지나 언니가 마을의 유력자들에 섞여서 곧잘 이 저택을 방문하는 것은 라일라의 존재가 있기 때문이라고 생각했지만, 그 점을 말하는 것일까.

"영주님께서는 에일라나 마일라 중 어느 한쪽을 아내로 맞이하실 모양이다."

순간 라일라는 숨이 막히는 기분이 들어서 목가에 손을 가져다 댔다. 목에 커다란 덩어리가 있는 것만 같아서 아파 견딜 수 없었다. 물론 가슴속도 아팠다.

"여, 영주님께서…… 그렇게 말하셨나요?"

"그래, 그런 뜻을 넌지시 비쳤어. 딸을 시집보내면 외롭겠다는 둥, 그렇게 말했지. 이만큼 빈번하게 초대해 주시는 걸 보면 영주님께서는 에일라나 마일라가 마음에 드시는 거겠지."

그들이 멋대로 찾아오는 것이 아니라 루퍼스가 초대했던 것이었다. 자신의 착각에 라일라는 현기증이 났다. 최근에는 다른 사람이 초대장을 쓰고 있어서, 지금까지 눈치채지 못했던 것이었다.

아아, 그랬구나…….

나는 이제 자신의 역할에서 물러나게 되는 거야. 그래서 쥬크와 어울린다는 말을 꺼낸 거로구나.

라일라는 울고 싶어졌지만 공교롭게도 눈물이 말라 버린

양 나오지 않았다.

"이것도 네가 이 저택에 고용살이를 하게 되어서 영주님과 친해졌기 때문이다. 감사한다, 라일라."

이제 와서야 아버지에게 감사받다니, 너무도 얄궂은 일이었다. 수치라고 매도당한 것은 그다지 오래전 일이 아니었다. 그렇지 않으면 아버지는 벌써 잊어버린 것일까. 라일라를 그렇게나 상처 주었던 일을.

가르쳐 주세요, 하나님. 어째서 나만이 이런 식으로 괴로워해야만 하나요?

라일라는 일순 그렇게 생각했지만 금세 자신이 부끄러워졌다. 자신만이 괴로워하다니 그런 식으로 생각하는 것은 부끄러운 일이었다.

이런 일은 아무것도 아니었다. 루퍼스는 훨씬 험한 꼴을 당해왔다. 그 상처를 품고서 남들 눈을 피하고 불신감으로 똘똘 뭉쳐 있었던 시절을 생각하면, 지금의 상태를 기뻐해 주는 것이 자신의 의무였다. 질투 때문에 지나치게 자신을 가엾게 여기는 것은 잘못된 일이었다.

왜냐하면 어차피 나는 잠시 그를 위로하는 역할을 했을 뿐인걸. 애첩 따위, 처음부터 아무런 약속도 없는 존재야. 상대방이 질리면 끝. 줄곧 알고 있었던 일이야.

다만 그 끝이 이렇게나 빨리 찾아올 거라 생각지도 못했을 뿐이다.

라일라는 기분 좋게 앞으로의 일을 이야기하는 아버지 곁에서, 자신은 살아갈 가치조차 없다는 기분이 들어서 견딜 수 없었다.

* * *

루퍼스는 라일라의 상태가 이상하다는 사실을 깨달았다.

요 며칠 동안 이상하긴 했지만, 오늘은 아침부터 이상했다. 그렇게 생각하며 그녀가 정원에서 쥬크와 단둘이 서 있던 모습을 떠올렸다. 때마침 아침 일찍 일어나서, 라일라의 산책에 어울리려고 정원으로 향했더니 왠지 심각해 보이는 표정을 짓고 있는 두 사람을 목격했던 것이었다.

라일라는 그때 울고 있었다. 떠올리기만 해도 루퍼스는 가슴이 꽉 막히는 기분이 들었다.

하필이면 그 남자 따위와……!

라일라는 역시 그 남자를 좋아하는 것일까. 그런 녀석 따위, 냉큼 저택에서 쫓아내었다면 좋았을 것이다. 그러나 그런 짓을 하면 라일라가 슬퍼하리라고 생각해서 줄곧 참았던 것이었다.

루퍼스는 은혜를 원수로 되갚음당한 듯한 기분이 들어서 견딜 수가 없었다.

모든 것은 라일라를 위해서였다. 그녀를 위해서가 아니었다면 마을 사람들과 교류하지도 않았으리라. 짐승 가면을 쓴 채로, 지금도 해가 저문 후에만 행동하고 있었을 터였다.

얄궂게도 그녀의 말대로 하니, 마을 사람들이 자신을 칭찬하기 시작했다. 사실대로 말하자면 어이없어서 견딜 수가 없었다. 이렇게 간단해도 되나 하고. 지금 와서는 훌륭한 영주님이라고 여기는 모양이었다. 바로 얼마 전까지 사람을 잡아먹는다는 소문을 흘리고 있었으면서.

그러나 이것으로 존경받는 영주가 되었다. 지금의 자신이라면 라일라에게 수치를 주지 않을 것이라 생각한 순간, 정작 중요한 그녀와의 관계는 삐걱거리게 되고 말았다.

그녀를 침대로 데리고 오고 싶었다. 원하는 대로 탐하고 싶었다. 그러나 이제 그런 일을 해서는 안 된다고 생각했다. 그녀를 숙녀처럼 대하고 싶었다. 그러기 위해서 그녀는 자신의 상담역이라고, 생각해 본 적도 없었던 말을 입에 담았던 것이었다. 현재 마을 사람들 사이에서도 그렇게 정착한 모양이었다. 사실은 애첩이라고 의심할지라도 아무도 입 밖에 내지는 않았다.

그렇기에 그녀를 안는 일을 삼갔다. 이제 와 새삼스러울지도 몰랐지만 그녀를 아내로 맞이할 때까지 깨끗한 상태로 놓아두고 싶다고 생각했다.

그러기 위해서 그녀의 가족도 빈번하게 저택으로 초대했다. 그들에 대해서는 어리석은 자들이라고 생각했지만 될 수 있는 한 친절하게 대접했다. 그럼으로써 그들의 라일라에 대한 마음을 훨씬 온화한 감정으로 만들어주고 싶다고 생각했기 때문이었다.

그만큼 라일라를 상처 입혔으니 그들 따위에게는 벌을 주어도 좋았겠지만, 그런 일을 하면 역시 라일라가 슬퍼하리라 생각했다. 그만큼 라일라를 배려해서 행동했는데, 정작 어째서 그녀가 자신에게서 멀어지려고 하는 것일까.

루퍼스는 오랜만에 오늘 밤에는 라일라를 침대로 데려오자고 결심하면서, 저녁 식사를 입으로 옮겼다. 이런 저녁 식사 따위 어서 끝내고 싶을 지경이었지만, 공교롭게도 손님이 있었다. 이럴 줄 알았다면 초대하지 않았더라면 좋았을 것이다.

루퍼스는 손님과 담소를 나누면서도 마음은 라일라에게만 향해 있었다.

간신히 지옥 같은 저녁 식사가 끝나고 손님은 돌아갔다. 손님을 돌려보내고 라일라 쪽으로 뒤돌아보자, 그녀도 무언가 궁지에 몰린 듯한 눈동자로 이쪽을 바라보았다.

"라일라, 오늘은……."

"루퍼스님, 드릴 말씀이 있습니다. 서재에서 들어주시겠습니까?"

자신이 입을 여는 것과 동시에 그녀도 마찬가지로 이야기하기 시작했다. 루퍼스는 미간을 찌푸렸지만, 그녀에게는 무언가 중요한 할 말이 있는 것이리라. 침대로 끌어들이는 것은 이야기를 들은 다음이어도 상관없었다.

그녀를 안고서 두 사람 사이의 삐거덕거리는 관계를 어떻게든 고치고 싶었다. 두 사람에게 있어 그것이 분명 가장 처음 해야 할 일이었다.

서재에 들어서 라일라를 의자에 앉혔다. 루퍼스는 자신은 어디에 앉을까 고민했지만, 오늘의 라일라는 어딘가 완고한 분위기가 있었기에 테이블을 사이에 두고 소파에 걸터앉았다.

"그래서…… 뭐지? 할 말이란."

루퍼스는 거만한 태도로 말을 걸었다. 사실은 그녀를 끌어안고 키스를 하고 싶었지만, 그 마음을 억누른 탓에 그런 말투가 튀어나오고 말았던 것이었다.

라일라는 고개를 숙였지만, 갑자기 결심한 기색으로 시선을 들었다.

"저…… 집으로 돌아가고 싶습니다."

"집으로……? 물론 돌아가는 건 상관없어."

그렇게 답하자 라일라는 또다시 고개를 숙였다.

"그런가요."

"전에는 네가 도망칠까 봐 돌아가서는 안 된다고 금지했을 뿐이야. 지금은 돌아가도 그다지 상관없어. 다시 돌아올 테니까."

라일라는 이상하다는 표정을 지으며 고개를 갸웃거렸다.

"어째서……. 아니, 저는 그런 의미로 말씀드린 게 아닙니다. 더 이상 이곳에는 있고 싶지 않다는 뜻입니다."

루퍼스는 그녀의 말에 충격을 받았다.

더 이상, 이곳에는 있고 싶지 않다…… 고?

그런 바보 같은. 그녀의 말대로 무엇이든 해왔지 않나. 무엇을 잘못 했다고 말하는 것인가.

설령 그녀가 쥬크를 좋아한다고 해도, 그는 이 저택에서 일하고 있었다. 이곳에 있고 싶지 않다고 말할 리가 없었다. 그렇다는 말은 달리 좋아하는 남자라도 생긴 것일까. 이곳에 드나드는 남자들 중에 그녀에게 접근한 녀석이 있었음이 틀림없었다.

누구냐……. 대체 누구냐.

루퍼스는 열심히 기억 속을 파헤쳤다. 그러고 보니 한 사람, 괜찮은 남자가 있었다. 촌장의 자식이었다. 아직 젊었지만 라일라와 나이는 어울리리라. 다정해 보이는 남자였는데, 그가 접근해 왔다면 라일라의 마음도 흔들렸을 것이 틀림없었다.

루퍼스는 납득했지만 배신당했다는 기분이 사라지지 않

았다. 그녀만은 자신을 결코 배신하지 않으리라고 생각했는데, 그녀 역시 자신을 내버리려는 것이었다.

그녀를 이대로 밀어 넘어뜨린 뒤 빼앗아버리고 싶었다. 침실로 데려가서 침대에 사슬로 동여매고서 이제 두 번 다시는 방에서 나갈 수 없게끔 만들고 싶었다.

이전의 자신이었다면 틀림없이 그 행동을 실행에 옮겼으리라. 그러나 현재의 자신으로서는 할 수 없었다.

그녀를 위해서 보다 좋은 영주가 되려고 노력했다. 그 결과 어느 정도의 존경은 얻었다. 이제 와서 그것을 물거품으로 만들고 싶지 않았다. 모든 것은 그녀를 위해서였다. 지금까지 자신이 누군가 다른 사람을 위해서 이 정도까지 노력을 한 적은 없었던 것이다.

노력해서 짐승이 아닌, 평범한 인간으로서 주위에 인정받았다. 라일라 역시 짐승 영주의 애첩으로서가 아니라, 좀 더 고귀한 존재로서 인정받게 되었다고 생각했다.

라일라를 이 이상 상처 입히고 싶지 않았다. 그녀의 명예를 되찾아줄 수 있었으니, 더 이상 달리 바라는 바는 없었다. 아니, 사실은 그녀를 아내로 맞이하고 싶었다. 그리고 행복해지고 싶었다.

그러나 그녀의 행복이 다른 곳에 있다고 한다면 자신이 그녀를 얽매는 행동은 할 수 없었다. 이미 한 번, 그런 행동을 한 적이 있었다. 또다시 그녀를 협박하는 일은 지금의 자신으로서는 할 수 없었다.

루퍼스는 가슴이 아팠다.

라일라를 놓아주고 싶지 않았다, 그렇지만 놓아주어야만 했다. 그녀의 행복을 위해서.

루퍼스는 울고 싶었다. 물론 울거나 하지는 않았다. 흐트러진 행동도 하지 않았다. 지금은 욕망보다 이성을 우선하는 인간이었고, 영주였으니까.

어찌 된 일일까. 짐승인 채로 있었다면 좋았을 것이다. 그랬다면 평생 그녀를 곁에 둘 수 있었을 터인데.

"네가 그렇게 바란다면……."

루퍼스는 그렇게 말하면서도 자신의 목소리가 어딘가 멀리서 들려오는 듯한 기분이 들어 견딜 수 없었다.

제6장
솔직한 고백

라일라는 아무것도 가져가지 않고 집으로 돌아갔다.

현재 라일라가 지닌 물건은 모두 루퍼스에게 선물 받은 것이었기 때문이었다. 원래 소지품은 모두 그가 내버렸다. 그러니 무언가를 가지고 나오는 것은 불가능했다.

자신의 허름한 드레스는 아직 집에 남아 있을까. 버리지 않았다면 좋겠는데.

그렇게 생각하면서 라일라는 목사관에 다다랐다.

얼마 전 보았을 때와 마찬가지로 정원은 황폐해진 상태였다. 기분 탓인지 집 외벽도 제법 상한 것 같은 기분이 들었다. 분명 아무도 손질하지 않았기 때문이리라.

내 인생은 이 집 청소를 하는 것으로 끝나는 걸까.

그렇다고 해도 목사관은 아버지가 목사를 하고 있는 동안만 빌린 것이라 평생 지낼 수 있는 것은 아니었다. 그렇다면 자신은 앞으로 어떻게 되는 것일까. 정말로 언니 중 어느 한쪽이 루퍼스와 결혼하게 된다면 더 이상 이 마을에는 있을 수 없었다. 그의 영지가 아니라 다른 땅으로 가서 살 수밖에 없었다.

루퍼스가 누군가와 결혼하는 모습 따위는 절대로 보고 싶지 않았다, 그의 행복을 바라면서도 그것만은 절대로 할 수 없었다.

라일라가 문을 열고 안으로 들어가자, 때마침 아버지가 밖으로 나가려는 참이었다.

"어찌 된 일이냐, 라일라."

집으로 들어와서 처음으로 얼굴을 본 사람이 아버지라서 다행이라고 생각했다. 에일라나 마일라였다면 거북한 기분이 들었을 것이 틀림없었다. 오랫동안 자신이 언니들에 의해 희생되어 왔다는 사실을 깨닫지 못했지만 지금에 와서는 잘 알았다. 아버지도 라일라에게 제법 심한 대우를 했지만, 그건 분명 사소한 일은 그다지 신경 쓰지 않는 아버지의 성격 때문이리라.

"돌아왔어요. 계속 이곳에 있을 거예요. 영주님께서 돌아가도 된다고 말씀해 주셨으니까요."

"그러냐……."

아버지는 석연치 않은 표정을 지었지만 아무 말도 하지 않았다.

"아버지, 어딘가 외출하시는 거죠?"

"그래, 촌장의 집에 용건이 있어. 그런 다음 영주님께서 세워주신 학교에도 말이지."

"그럼 저녁 식사는 몇 시에 할까요."

아버지는 곧바로 기쁜 표정을 지었다.

"저녁 식사를 만들어주는 게냐?"

"물론이에요. 제가 없는 사이에 식사는 어떻게 하셨어요?"

"그게…… 적당히."

적당히……?

라일라는 고개를 갸웃거렸다. 집 안을 보면 청소가 제대로 되지 않았다는 사실은 금세 알 수 있었다. 그러나 설마 식사까지 만들지 않았을 리는 없다고 생각했는데.

"어쨌거나 네가 돌아와서 기쁘구나."

전에 이곳으로 왔을 때에는 두 번 다시 돌아오지 말라는 말을 들었었다. 그래도 지금은 환영해 주고 있으니 기뻐해야만 하리라. 설령 가정부나 하녀 대신이라고 해도.

"어머, 라일라 아니니."

이 층에서 에일라가 내려왔다. 뒤이어서 마일라도 따라

왔다. 두 사람 다 여전히 잘 차려입은 모습이었다. 언니들은 오늘도 어딘가로 나갈 셈인 듯했다.

"라일라가 돌아온 모양이다. 줄곧 이곳에 있을 듯해."

아버지가 대신 답해주었다. 에일라는 약아빠진 웃음을 보였다.

"어머, 그러니. 네가 있어준다면 살았어. 그렇지만 역시 영주님께서 계신 곳에서는 해고된 모양이구나."

사실은 이쪽에서 나온 것이었지만, 일일이 설명하고 싶지 않았다. 게다가 머지않아 쫓겨나고 말았을지도 몰랐기에.

마일라도 둥글게 만 머리카락을 만지작거리면서 라일라에게 싫은 소리를 했다.

"영주님께서도 언제까지 너를 곁에 두고 싶어 하지는 않으실 거라고 우리들끼리 이야기했었어. 상담 상대라면 훨씬 아름답고 훨씬 교양이 있는 여성이어야지."

라일라보다 자신들 쪽이 영주에게 어울린다고 생각하는 모양이었다. 아름다움은 어쨌거나 교양은 과연 어떨까 하고, 아무리 라일라라고 해도 회의적으로 생각하고 말았다. 두 언니는 그다지 책을 읽지 않았기 때문이다.

그러나 더 이상 자신과는 관계없었다. 저택에 대한 일도 루퍼스에 대한 일도 떠올리고 싶지 않았다. 다만 언니들 중 어느 한쪽이 루퍼스의 아내가 된다고 한다면 자신은 곧바로 이 마을에서 나갈 셈이었다.

　설령 어딘가에서 객사하게 된다고 해도 좋았다. 이곳에
있으며 가슴이 찢어질 것만 같은 기분이 드는 것보다 훨씬
나았다.

　"오늘 저녁 식사는 라일라가 만들어 준다는 모양이다."

　아버지가 즐겁다는 기색으로 끼어들자, 에일라와 마일
라 역시 안심했다는 표정을 보였다.

　"어머, 다행이야. 우리들 이것저것 바빠서……."

　아버지가 모자를 쓰고 밖으로 나간 것에 뒤이어, 언니 두
사람도 허둥지둥 따라 나갔다. 라일라는 저도 모르게 한숨
을 쉬었다. 자신은 가족 중에서 손해 보는 역할을 떠맡고
있었던 것이 틀림없었다. 터무니없는 바보였던 것이었다.
자신 혼자 허름한 드레스를 입고 열심히 바닥을 닦는 사이,
저 두 언니는 대체 무엇을 했던 것일까.

　바쁘다는 둥, 기부를 부탁하러 간다는 둥, 그런 말을 믿
었다. 지금 역시, 될 수 있으면 언니들의 말을 믿고 싶다
고 생각했다. 그러나 저택에서 루퍼스의 마음을 끌려는 언
니들의 모습을 보아왔기에, 지금 와서는 의심하는 마음만
이 남았다.

　그렇다고는 해도 집에 돌아왔으니 자신이 청소를 할 수
밖에 없었다. 그리고 집안일을 떠맡을 수밖에 없었다. 어차
피 다른 누구도 하지 않을 터이니.

라일라는 자신이 입은 드레스를 바라보았다. 이런 차림으로는 물 긴는 것도 할 수 없었다. 예전에 자신이 쓰던 방으로 돌아가서 허름한 드레스를 찾아내 갈아입었다. 머리카락도 리본으로 한데 동여 묶어서 방해가 되지 않게끔 했다.

거울을 보았다. 그곳에는 마을 아가씨가 있었다. 일순, 루퍼스의 얼굴이 스쳐 지나간 것만 같은 기분이 들었다.

이제는 빨리 잊어야만 한다.

라일라는 아픈 목을 누르며 물을 긷기 위해서 우물로 향했다.

                    *   *   *

루퍼스는 조바심이 났다.

라일라가 집으로 돌아가고 나서 고작 일주일이 지났을 뿐이었다. 그런데도 이미 두 손을 든 상태였다. 정직하게 말하자면 그녀를 되찾으러 가고 싶어서 견딜 수 없었다.

그렇지만 억지로 돌아오게 한들 그것이 무슨 의미가 있을까. 그녀의 행복을 기도하는 것이 훌륭한 영주의 역할이었다.

그러나 훌륭한 영주가 되고 싶다고 바란 이유는 그것이 라일라를 위한 일이라고 생각했기 때문이었다. 라일라가 없다면 아무런 의미도 없었다. 극단적으로 말하자면, 그녀는 살아갈 보람이라고도 할 수 있었다.

차라리 이대로 병들어 쓰러지면 라일라의 동정심을 끌 수 있을까. 라일라라면 틀림없이 돌아와서 극진하게 간호해 줄 것이다. 그러나 그렇게 형편 좋게 병에 걸릴 리가 없었고, 걸렸다 해도 라일라에게 동정 받는 것은 질색이었다.

자신이 원하는 것은 결코 동정이 아니었다. 그녀의 애정을 원했다. 그 이외의 것은 필요 없었다.

오늘은 라일라의 언니 두 사람이 저택을 방문했다.

그녀들은 대체 무얼 하러 찾아오는 것일까. 초대한 기억도 없었다. 라일라가 없으니 초대할 의미도 없기 때문이었다. 그러나 모처럼 방문해 주었으니 라일라의 이야기를 듣고 싶다는 생각이 들어서, 루퍼스는 마음이 내키지 않았지만 응접실로 발걸음을 옮겼다.

여전히 두 사람은 잘 차려입고 있었다. 라일라가 허름한 드레스를 입고 있던 모습을 루퍼스는 아직 기억하고 있었다. 그녀는 정말로 부지런했지만, 이 두 사람은 게으른 것이 틀림없었다. 분명 라일라는 지금도 집 안에서 이 두 사람에게 부려먹히고 있는 것이리라.

그렇게 생각하자 어쩐지 부아가 치밀어왔다.

"라일라는 잘 지내나?"

가장 먼저 그것을 확인하고 싶어서 물었다.

"라일라는 집에 돌아오고 나서 무척 게을러졌어요."

에일라가 불만스러운 말투로 말했다.

"라일라가 게을러? 설마…… 그럴 리는 없겠지."

적어도 이 두 사람에게 게으르다고 멸시받을 정도는 아니리라. 아무리 라일라가 저택 안에서 일하지 않아도 되는 몸이 되었었다고 해도, 그녀의 성격으로 보아 원래 장소로 돌아가면 분명 성실한 생활로 돌아갈 터였다.

"그게, 몸 상태가 나쁘다는 거짓말을 하고 방에서 나오지 않는다고요. 어제도 그제도 식사를 만들어주지 않아서……. 청소 역시 농땡이 쳤고, 어쨌거나 그 아이가 해주어야 할 일이 잔뜩 있는데 아무것도 하지 않는걸요."

루퍼스는 그녀의 말을 듣고 울컥했다. 그러나 조금 더 그녀들의 변명을 들어볼 생각이었다. 심술궂은 마음으로 그녀들의 오늘 겉모습이나 용모를 칭찬했다. 그녀들은 줄곧 그런 식으로 칭찬받고 싶어 했기 때문이었다.

"네. 이 머리카락 색깔, 다들 부러워해요. 저희들은 언제나 금발의 미인 자매라고 불리며 마을에서는 유명하다고요."

그녀들의 머리카락은 확실히 금발 중에서도 제법 드문 옅은 빛깔이었다. 그러나 스스로 미인 자매라고 말을 꺼내리라고는 생각하지 못했다.

"그, 미인 자매 중에는 라일라는 들어가지 않나?"

"싫다, 그 아이는 금발도 아니고. 더러운 색의 머리카락인걸요."

라일라의 머리카락이 더러운 색깔? 터무니없었다. 적어도 루퍼스는 무어라 형용할 수 없는 색조합의 머리카락이라고 생각했다. 무엇보다 라일라의 머리카락 색깔이기에 마음에 들었던 것이었다. 라일라가 금발이었다면 금발을 좋아했을 것이 틀림없었다.

에일라만 떠들어대서야 불공평하다고 생각했는지, 이번에는 마일라가 간사한 목소리로 말을 걸어왔다.

"영주님, 라일라가 떠나서 곤란하지 않으세요?"

"아아, 그렇군. 조금 곤란해."

조금이 아니었지만 이 어리석은 자매에게 본심을 밝힐 생각은 없었다. 그녀들은 도저히 라일라의 언니라고는 생각할 수 없었다. 펠튼 목사도 어째서 이 두 사람의 어리광을 받아준 것일까. 아주 조금 미인이라고 해서 그 미모가 영원히 이어지는 것은 아닌데. 라일라의 고운 마음씨에 비하면, 그녀들의 거만한 미모 따위는 아무런 가치도 없었다.

"영주님만 좋으시다면 제가 라일라를 대신해 드릴게요. 무엇이든지 상담해 주세요."

마일라는 루퍼스에게 유혹하는 양 미소를 지었다.

"어머, 마일라. 약았어! 나야말로 그 역할에 어울려. 너보다 연상이니까 말이지."

"나는 에일라 언니보다 현명해."

"그렇지 않아. 아버지께서는 어린 시절부터 나를 '현명한 에일라'라고 부르셨는걸."

"아버지는 잘 모르실 뿐이야. 게다가 아름다움으로는 내 승리야."

"어머, 모르니? 어느 쪽이 예쁜지 물으면 대부분의 사람들은……."

내버려 두면 두 사람의 말다툼은 한도 끝도 없이 이어지리라. 루퍼스는 넌더리가 났다. 이래서야 라일라의 이야기조차 들을 수 없었다. 그녀들은 자신에 관한 일에만 관심이 있는 것이다. 여동생이 몸 상태가 나빠도 게으르다는 한마디로 끝내고 만다.

자신은 대체 이곳에서 무엇을 하고 있는 것일까. 이런 성격 나쁜 여자들과 이야기하는 일 따위, 아무런 의미도 없었다. 참으면서 이 여자들과 어울려 온 이유는 오로지 그녀들이 라일라의 언니였기 때문이다. 정작 라일라가 자신의 곁에서 사라졌는데, 그녀들이 하는 이런 시시한 이야기를 듣고 있을 마음이 들지 않았다.

라일라…….

라일라는 지금 어떻게 하고 있을까. 몸 상태가 나쁘다니, 설마 아이를 밴 것일까. 그럴 가능성이 없다고는 잘라 말할 수 없었지만, 요 근래에는 그녀를 침대로 데려가지 않으려고 했었다. 조만간 결혼식을 올려서 그녀를 자신의 신부로서 다시금 받아들이려고 생각했기 때문이었다.

라일라의 일을 떠올리자, 루퍼스는 역시 자신의 신부가 될 여자는 그녀뿐이라고 생각하게 되었다.

라일라에게 달리 좋아하는 남자가 생겼을지도 모른다고 생각했다. 그러나 루퍼스는 아직 포기할 수 없었다. 그녀를 위한 일이라고 생각해 뒤로 물러섰지만, 다시 한 번 필사적으로 애원해볼까.

부디 돌아와 주었으면 좋겠다고. 아니, 그렇지 않다. 신부가 되어주었으면 한다고.

생각해 보면 아직 프러포즈는 하지 않았다. 그것으로 그녀의 기분을 바꿀 수 있을지 아닐지는 몰랐지만, 해보지 않은 일이니 결과는 아직 모른다.

게다가 라일라의 병에 대해서도 신경이 쓰였다. 혹시 무거운 병이라고 한다면…….

그렇게 생각하자 루퍼스는 섬뜩해졌다. 자신이라면 좋은 의사에게 진찰받게 해줄 수 있었다. 의사를 데려올 수도 있었다. 이 저택의 쿠션감 좋은 침대에 눕혀서 간병해 주고 싶었다.

루퍼스는 갑자기 일어섰다.

말다툼을 하던 에일라와 마일라가 놀라서 이쪽을 올려다보았다. 루퍼스는 그녀들에게 웃어주었다.

"용건이 떠올라 버려서, 잠시 자리를 비워도 될까. 너희들은 잠시 이곳에서 과자라도 먹고 있도록 해."

그녀들을 이곳에서 쫓아내고 싶은 마음은 굴뚝같았지만, 자신이 가는 곳과 같은 장소로 향한다면 방해가 될 것이었다. 잠시 동안 이곳에서 발을 묶어두고 싶었다.

"네, 물론이지요."

"자, 어서 용건을 마치고 오세요."

방금 전까지 거칠게 서로에게 욕설을 퍼붓던 상황을 잊은 양, 두 사람은 품위 있는 척하며 대답했다.

*　　　*　　　*

라일라는 두통에 얼굴을 찡그렸다.

아직 열이 내리지 않았다는 사실은 알았다. 그러나 어떻게든 하지 않으면 모처럼 깨끗해진 집이 또다시 더러워지고 만다.

"라일라, 아직 누워 있는 편이 낫다. 비틀거리고 있지 않니. 청소는 무리야."

아버지가 걱정스럽다는 듯이 말을 걸어오며 라일라의 몸을 지탱해 주었다.

"괜찮아요. 이런 일은 익숙한걸요."

라일라는 어미니가 세상을 떠난 뒤부터 몸 상태가 나쁠

때에도 줄곧 가사를 해왔다. 그것이 자신의 일이라고 여겼기 때문이었다.

일주일 전에 이곳으로 돌아왔을 때에는 이미 목이 아픈 상태였다. 그 뒤로 무리를 해서 집 안을 깨끗이 치웠다. 라일라가 없는 사이 세탁이나 다리미질은 남에게 부탁했던 모양이었지만, 청소나 식사 같은 것까지 남에게 맡기면 돈이 많이 드니 자신들이 하기로 했던 모양이었다.

그런데 언니들은 손이 더러워지는 것이 싫어서 청소를 하지 않고, 식사다운 식사도 만들지 않았다고 했다. 빵이나 우유가 있다면 나은 편이었고, 달리 무언가 먹고 싶은 것이 있으면 마을 식당에서 먹었던 모양이었다.

그래서 집은 더러운 상태였고, 아버지가 감기에 걸려도 간병도 하지 않고서 내버려 두었던 것이었다. 세탁이나 다리미질에만 사람을 썼다는 사실은 언니들이 얼마나 허영을 부렸는지 드러내는 증거라서, 라일라는 그 말을 들었을 때 어처구니가 없었다.

"네가 돌아와서 에일라와 마일라가 얼마만큼 거만한 성격인지 겨우 알게 된 것 같은 기분이 든다."

아버지가 라일라를 식당 의자에 앉히면서 말했다.

"저도 이곳에 있을 때는 깨닫지 못했었어요. 언니들은 저와 달라서 언제나 바쁘다고 생각했어요. 저는 집안일밖에 못하니까 가족을 위해서 일하는 건 당연하다고도 여겼고요."

지금 와서는 라일라 역시 알았다. 언니들은 바쁘다고 말하면서 여러 가정을 방문하고는 영주관에 있을 때처럼 웃으면서 하찮은 이야기를 하며 시간을 낭비했을 뿐이었다고. 그사이 자신은 집 안에서 바쁘게 부지런히 일하고 있었던 것이었다.

그리고 라일라가 사라지고 나서도 아무도 자신을 대신해 일하지 않았다.

"라일라…… 나는 교회 일만 생각하느라 집안일은 전혀 신경 쓰지 못했구나. 네가 떠나고서 집안이 더러워졌다는 사실은 알고 있었어. 제대로 된 음식을 먹을 수 없게 되었다는 사실도 말이다. 그렇지만 그 나름대로 어떻게든 지내고 있었고, 무엇보다 교회의 일이 나에게는 가장 중요했으니까……."

그런 것이었다. 아버지는 자신의 가정보다 다른 마을 사람들에 대한 일만 걱정했다. 그것은 그 나름대로 고상한 행위였지만, 라일라는 그 고귀함의 희생이 되었던 것이었다. 전부 루퍼스가 말했던 대로였다.

고용살이를 하러 갈 아가씨를 정했을 때 역시 그랬다. 아버지는 자신의 딸 중에서 영주관으로 갈 사람을 당연하게 선택했고, 그중에서도 눈에 띄지 않는 라일라를 희생으로 삼는 일을 망설이지 않았다,

"이제…… 괜찮아요. 아버지께서 알아주셨으니 그걸로 됐어요."

이제 와서 그때로 시간을 되돌릴 수는 없는 것이었다. 게다가 언니들의 거만함을 어떻게 고칠 수 있을까. 라일라는 묘안이 떠오르지 않았다.

"그건 그렇고, 네가 이렇게 몸 상태가 나쁜데 네 언니들은 대체……."

"괜찮아요. 무리는 하지 않을게요. 아버지야말로 일이 있잖아요? 저는 괜찮으니까 나가도록 하세요."

아버지가 있다 한들 딱히 도움이 되지 않는다는 사실도 라일라는 잘 알았다. 게다가 아버지는 새로 생긴 학교의 일로 이것저것 할 일이 있었던 것이었다.

"나중에 리스민 부인에게 도와주러 와달라고 하겠다. 그러니 쉬고 있으렴. 이제 와서 깨달아 면목 없지만, 너는 내 소중한 딸이니 말이다."

라일라는 아버지에게 웃어 보였다. 그런 식으로 말해주었으면 하는 마음에 줄곧 노력해 왔던 것이었다. 그러니 간신히 꿈이 이루어졌다고 할 수 있으리라.

"고마워요, 아버지. 다녀오세요."

아버지는 간신히 나갔다. 리스민 부인은 미망인이었는데, 아무래도 아버지와 사이가 좋은 모양이었다. 어머니가 세상을 떠나고 나서 이미 제법 세월이 흘렀으니 지금쯤 재혼해도 괜찮을 무렵인지도 모른다. 다만 리스민 부인은 좋은 사람이지만 자기 할 말은 거침없이 하는 사람이라서 언니들과는 틀림없이 부딪치게 되리라.

잠시 시간이 지나고 나서 라일라는 슬슬 일어났다. 리스민 부인이 오기 전에 부엌을 정리해 두기로 했다.

혹시 아버지가 리스민 부인과 재혼한다면, 자신은 방해가 될지도 모른다. 역시 다른 마을로 가야만 할까. 그렇지 않으면 어딘가 먼 도시로 갈까. 어느 쪽이든지 간에 루퍼스는 누군가와 결혼하게 될 것이니 역시 이 마을에는 남고 싶지 않았다.

문득 그의 얼굴이 뇌리에 떠올랐다. 그 상처자국조차 그리웠다. 그렇지만 그는 이미 라일라에게 질린 모양이었다.

하다못해 한 번만 더 안겼더라면 좋았을까.

그렇다. 이별의 키스도 하지 않고 나와 버리고 말았다.

"루퍼스……."

한 번도 존칭을 떼고 부른 적이 없었다. 내 사랑스러운 짐승.

문득 말발굽 소리가 들려왔다. 마차가 아니라 말이 한 마리 달려오는 모양이었다. 어디론가 향하는 것일까. 그렇게 생각했더니 소리는 이 집 앞에서 멈추었다.

누군가 온 것일까. 설마, 루퍼스……?

아니, 그렇게 운 좋은 일은 일어나지 않아. 내가 이름을 불렀다고 해서 나타날 리가 없는걸.

그렇다고 해도 누군가 방문자가 오기는 한 모양이었다. 라일라는 집 안을 정리하던 손을 멈추고 문 쪽으로 향했다. 그러자 노크 소리도 없이 건너편에서 문이 열렸다.

"라일라!"

그곳에 서 있는 사람은 루퍼스였다. 라일라는 놀라서 아무 말도 하지 못한 채 멀거니 멈춰 섰다.

"거짓말……."

라일라의 입에서 나온 소리는 그런 얼빠진 말이었다.

루퍼스의 저택을 뛰쳐나온 지 일주일밖에 지나지 않았다. 그러나 그 일주일 동안 줄곧 그의 꿈을 꾸어왔다. 열이 나는 탓도 있어서, 반복해서 같은 꿈을 연이어 꾸자 괴로워서 견딜 수 없었던 것이었다.

윤기 있는 금갈색 머리카락에 진한 감색 눈동자. 그리고 뺨에 그어진 상처자국.

그의 뜨거운 시선에 꿰뚫리자 다리가 떨렸다.

라일라는 눈물지었다.

만나고 싶었다. 줄곧 만나고 싶었다. 그렇지만 그에게 무어라 말해야 좋을지 몰랐다.

"라일라! 몸 상태가 나쁘잖아?"

루퍼스는 걸어와서 라일라의 몸을 부둥켜안았다.

아아, 이렇게 끌어안기고 싶다고 얼마나 생각했던가.

이 순간이 환상이라도 좋았다. 이것이 밤에서부터 이어지고 있는 꿈이라고 해도, 라일라는 신에게 감사하고 싶었다.

"어찌 된 일이냐. 열이 있잖아! 게다가 꽤 야위었어."

"저는…… 괜찮아요."

라일라는 간신히 목소리를 냈다. 그의 몸이나 팔의 감촉을 통해 이것이 환상도 꿈도 아니라는 사실을 확신했지만 떨림이 멈추지 않았다.

"괜찮지 않아! 곧바로 의사에게 가야 해!"

루퍼스는 라일라를 안아 올렸다. 그가 그대로 문 쪽으로 향하려고 하는 것을 라일라는 허둥지둥 가로막았다.

"단순한 감기라서 이미 나아가고 있어요. 부탁이니 내려 줘요."

루퍼스는 망설이는 기색을 보였다. 의사에게 갈 정도는 아니라는 사실을 알아주었으면 좋겠는데.

"그렇지만 일어나 있어서는 안 돼. 네 방은 어디지?"

"이 층인데요……."

루퍼스는 라일라를 안은 채 계단을 올라갔다. 그가 어째서 난데없이 찾아와서 이렇게 다정하게 대해주는 것인지는 모르겠지만 라일라는 기뻤다. 잠시 동안의 행복이라 해도 상관없었다. 어리석을지도 모르지만 지금 이 순간만이라 해도 좋으니 꿈을 꾸고 싶었다.

라일라의 좁은 방에 루퍼스가 들어갔다. 그곳에 놓인 작은 침대 위에 그는 라일라를 살짝 내려주었다.

"열이 있는데 어째서 일어난 거야?"

그는 이불을 라일라의 몸에 덮어주면서 물었다. 무척이나 걱정스러운 눈빛을 하며 그가 라일라를 내려다보았다.

"이것저것…… 해야만 하는 일이 잔뜩 있어서……."

"네 아버지나 언니들은 어디까지 너를 부려먹을 생각이지! 네가 이렇게 죽을 것 같이 지친 표정을 하고 있는데."

라일라는 쿡 웃었다.

"죽을 것 같지는 않아요. 단순한 감기인걸요. 조금 오래가긴 하지만 괜찮아요. 자기 몸은 스스로 알고요. 게다가 아버지는 누워 있으라고 말해주었어요."

"그럼 적어도 아버지는 너를 걱정해 주었다는 건가."

"언니들은 외출했어요. 그…… 언니 중에 어느 쪽을 만나러 오신 건가요?"

라일라는 루퍼스가 난데없이 찾아온 이유를 알 수 없어 얼떨떨했다. 몇 번인가 둘이서 마을에 왔을 때에 목사관의 장소를 가르쳐 준 적이 있었지만, 지금까지는 한 번도 그가 이곳으로 온 적이 없었던 것이었다. 아마도 무언가 특별한 이유라도 있어서 이곳에 왔을 터였다.

설마 언니들 중 어느 한쪽에게 프러포즈하려 온 것은 아니겠지……?

그런 이유로 방문한 것이라면, 지금 당장 병으로 세상을 떠나 버리고 싶었다. 하지만 나아가는 감기 따위로 목숨을 잃지는 않으리라.

"네 언니들은 지금쯤 내 저택에서 과자라도 집어먹고 있겠지. 네가 병에 걸렸다고 듣고서 찾아왔어. 언니들은 네가 게으르다고 생각하고 있는 모양이지만."

"그럴 수가……."

언니들이 그렇게 생각하고 있다는 사실은 알았지만, 그걸 일부러 루퍼스에게 말했던 것인가. 루퍼스는 그 말을 듣고 정말로 라일라의 몸 상태가 나쁘다는 사실을 깨닫고서, 말을 타고 달려와 주었던 것이었다.

라일라의 가슴속이 따스해졌다. 그는 역시 다정한 사람이었다. 이전에는 마음이 없는 짐승이라고 그 스스로 말했지만, 역시 그렇지는 않았다.

"기뻐요. 제가 게으르지 않다는 사실을 알아주어서요."

"너라는 사람을 알고 있으면 게으르다고 생각할 리가 없어. 도대체 네 언니들이 너에 대해서 떠드는 내용은 대부분 헛소리뿐이야. 그것도 전부 가시가 박혀 있어. 네 언니라고 생각해서 참았지만……."

라일라의 가슴에 밝은 햇살이 비친 기분이 들었다. 그는 에일라나 마일라를 마음에 들어 하는 것이 아닌 것이었다.

"저, 당신이 에일라 언니나 마일라 언니 중 어느 쪽인가에 끌리고 있는 거라고 생각했어요."

루퍼스는 그 말을 듣고서 놀란 듯이 눈을 휘둥그레 떴다.

"어째서 네 머릿속에 그런 생각이 숨어들었을까……."

"왜냐하면 당신은 언니들에게 무척이나 붙임성이 좋았고, 언니들은 보신 대로 굉장한 미인인걸요. 게다가 아버지가…… 당신이 에일라나 마일라에게 결혼을 신청하지 않을까 하고……."

"너에게 그런 말을 불어넣은 아버지를 어떻게 해주고 싶군."

루퍼스는 언짢다는 듯이 말하고서 침대에 걸터앉았다. 라일라는 상반신을 일으키고 그의 팔을 만졌다. 될 수 있으면 바싹 다가가고 싶었지만, 그가 자신에게 질린 것이라면 그런 일을 하면 민폐라고 생각할지도 몰랐다.

"아버지는 당신이 결혼 신청의 뜻을 넌지시 내비쳤다고 생각하고 있어요. 딸을 시집보내기는 괴로울 거라던가 뭐라던가……."

"그렇다고 해서 어째서 네 언니와 결혼한다고 생각한 걸까. 나는 그렇게 성격 나쁘고 게으르고 자아도취가 강한 여자와는 결혼하고 싶지 않아."

그 말을 듣고서 라일라는 안심했다. 그것만은 절대로 싫었던 것이었다, 루퍼스가 언니의 미모에 매혹되어 있다고 생각하면 괴로워서 견딜 수 없었다. 언젠가 그가 다른 누군가와 결혼한다고 해도, 언니들만은 피해주었으면 했기 때문이었다.

"다행이에요……. 전 당신에게는 좀 더 걸맞은 상대가 있을 거라 생각했어요. 아름답고 다정해서 당신에 대해서 이해해 줄 수 있는 사람이……."

"그런 여자가 나와 결혼한다면 너는 축복해 줄 건가?"

루퍼스의 말에 라일라는 얼어붙었다.

웃으며 축복한다고 말해야만 했다. 그렇지만 도저히 그 말이 나오지 않았다. 웃을 수조차 없었다. 가슴이 아파서 눈물이 흘러내릴 것만 같았다.

"미안해요……. 저, 축복 같은 건 할 수 없어요……."

라일라는 결국 자신의 얼굴을 양손으로 가렸다. 자신은 그저 애첩에 지나지 않았다. 그가 질린다면 금세 버려질 운명이었던 것이었다. 그런데도 사랑하고 말았고, 사랑받고 싶다는 꿈을 꾸고 말았다.

"라일라…… 고개를 들어."

루퍼스가 다정하게 라일라의 양손을 내렸다. 그의 감색 눈동자가 부드럽게 바라보고 있었다. 라일라는 그와 헤어지고 싶지 않았다. 떨어지고 싶지 않았다.

"루퍼스……!"

존칭을 떼고 부르기는 처음이었다. 그의 눈이 기쁘다는 듯이 가늘어졌다.

"내가 신부로 맞이하고 싶은 사람은 너뿐이야."

그때, 라일라의 눈앞이 확 밝아졌다.

그것이야말로 라일라가 바라던 일이었기 때문이다.

"정말로요……?"

"그래, 정말이야. 다른 어떤 여자도 원하지 않아. 너뿐이야."

라일라의 눈에서 흐르는 눈물은 이번에는 다른 의미의 눈물이었다.

루퍼스는 라일라의 양어깨에 손을 올리고 그녀의 얼굴을 들여다보았다.

"라일라, 사랑해. 아니, 앞으로 평생 너만을 계속해서 사랑할 테니 부디 내 신부가 되어주었으면 해."

아아, 이 말을 줄곧 듣고 싶었어…….

라일라는 감동한 나머지 제대로 말할 수 없었다. 눈물이 나왔고 목소리가 떨리고 말았다.

"저…… 저도…… 사랑해요. 당신의 신부가 되고 싶어요…….,"

그 말만을 간신히 마친 라일라에게 루퍼스가 얼굴을 가까이 들이밀었다.

입술이 포개졌다. 이렇게 다정한 키스는 처음이었다.

나, 너무 행복해서 이상해질 것만 같아.

혀가 미끄러지듯이 들어와 라일라의 혀를 휘감았다. 황

흘하게 키스를 반복하려고 했지만 루퍼스는 금세 입술을 떨어뜨렸다.

"너는 몸 상태가 나쁘니 말이지."

"이미 나은 것 같아요……."

실제로 하늘로라도 떠오를 것 같은 기분이라서, 라일라는 열 따위는 날아가 버리고 만 것 같은 기분이 들었다.

"그럴 리 없잖아. 게다가 나는 결혼할 때까지 너를 건드리지 않기로 결심했어."

"어, 어째서요?"

"지금까지 난 너를 제멋대로 농락해 왔어. 내 최소한의 속죄야. 그러니 잠시 동안 너를 침대로 들이지 않았던 거잖아?"

즉, 그가 라일라와 거리를 둔 이유는 그런 뜻이었던 것이었다. 라일라는 안심했다.

"전 당신이 제게 질린 줄 알았어요."

"바보 같은! 내가 무얼 위해서 훌륭한 영주가 되려 했다고 생각해?"

"무얼 위해서라니……. 당신을 위해서겠죠?"

루퍼스는 어처구니없다는 양 라일라를 보더니 한숨을 쉬었다.

"모두 너를 위해서야. 네가 마을에서 울면서 돌아왔을 때, 네 몸을 농락하고 만 것이 정말 미안했어. 그래서 너와 결혼하려고 생각했지만, 상대가 짐승 영주여서야 네 명예는 회복할 수 없지. 훌륭한 영주라고 인정받게 되고 나서 너를 신부로 삼으려고 생각했어."

라일라는 그의 그런 계획에 대해 처음으로 듣고서 놀랐다. 그런 생각을 하고 있을 줄이야 전혀 상상도 못했다. 자신은 엉뚱한 질투심을 품고서 얼마나 괴로워했던가. 언니에게조차 질투하며 언니 중 하나에게 결혼 신청을 할 것이 틀림없다고 의심했기에.

"짐승 영주라도 좋았는데요."

"그런 말을 해주는 사람은 분명 너뿐이야."

과연 그럴까. 라일라는 그의 상처자국 따위는 신경 쓰이지 않았다. 밤낮이 거의 뒤바뀐 생활은 싫었고 모두에게 오해받는 것도 싫었지만, 라일라는 그가 자신을 신부로 맞아줄 마음이 있었다면 기꺼이 승낙했으리라.

그렇다고는 해도 결과적으로 루퍼스가 모두에게 인정받게 되어서 다행이라고 생각했다. 게다가 루퍼스도 제대로 사람의 마음을 되찾았다. 사랑한다고 말해준 것은 사람을 믿을 수 있게 되었다는 뜻이었다.

"그렇지. 얼마 전에 너를 위해 준비했는데……."

루퍼스는 상의 주머니에서 무언가를 꺼내들었다. 비로드 천으로 싸인 작은 상자였는데, 상자를 여니 안에는 다이아몬드가 몇 개나 나란히 박힌 반지가 들어 있었다.

루퍼스는 반지를 라일라의 왼손 약지에 밀어 넣었다.

"예뻐요……. 고마워요, 루퍼스."

"이것으로 너는 내 약혼자야. 결혼식은 되도록 빠른 게 좋겠군, 물론 감기가 낫고 나서서 좋겠지만."

루퍼스는 라일라의 어깨를 감싸 안고서 뺨에 키스를 했다.

"아아, 역시 조금 열이 있군. 누워야지. 아니, 그보다 의사를 부르는 편이 나을지도 모르겠군. 이 마을에는 좋은 의사가 있나? 없다면 내가 도시까지 가서 데려오도록 하지."

그가 이정도로 과보호를 할 줄은 몰랐다. 그러나 다정하게 대해주면 대해줄수록, 그의 말대로 정말로 사랑받고 있다는 실감이 샘솟았다.

"의사 같은 건 아무래도 좋아요. 그보다…… 저, 마을 교회에서 식을 올리고 싶어요. 그런 다음 마을 사람들을 불러서 피로연을 하는 거예요."

"아아, 네 뜻대로 하자. 그러니 지금은 자도록 해."

루퍼스는 라일라를 침대에 눕혔다. 그리고 뺨에 손을 가져다 대었다.

눈과 눈이 마주쳤다.

열이 나든지 몸 상태가 나쁘던지 이제 아무래도 좋을 정도로 라일라는 행복했다.

루퍼스는 피식 미소를 지으며 입술을 포개왔다.

그는 더할 나위 없이 다정한 키스를 해주었다.

종장

그로부터 얼마간 시간이 지난 후 마을 교회에서 두 사람은 결혼식을 올렸다. 물론 목사인 아버지가 두 사람을 결혼시켜 주었다.

언니들은 불평을 늘어놓았지만 영주와 인척관계가 되었다는 사실은 기뻤던 모양이었다. 그러나 아버지의 재혼 이야기를 듣고서 또다시 언짢아진 듯했다. 하지만 그런 언니들도 언젠가 결혼하게 되리라.

라일라는 될 수 있으면 언니들도 빨리 결혼했으면 싶었다. 언니들이 곁에 있으면 아버지가 행복해질 수 없을 것이라는 생각이 들었기 때문이다.

식을 올린 후, 광장에서 축제 같은 피로연이 열렸다. 다들 음식을 먹으며 술을 마시고, 음악에 맞추어 춤을 추었다. 라일라도 하얀 드레스 자락을 펄럭이며 루퍼스와 함께 춤을 추었다.

모든 것이 행복해서…….

밤이 되자 두 사람은 마차를 타고 영주관으로 돌아왔다. 라일라는 결혼할 때까지 목사관에 있었기에 오랜만에 돌아온 것이었다.

마을에서 열린 피로연에서 한발 앞서 돌아와 있던 하인들은 다시금 두 사람을 환영해 주었다.

라일라는 이곳에 처음 왔을 때를 떠올렸다.

까다로워 보이는 셀렌. 짐승 가면을 쓴 루퍼스. 저택의 바닥을 닦던 나날. 아침부터 밤까지 일하고 다락 뒷방에서 잠들었던 일도 떠올렸다.

그리고 루퍼스에게 몸을 빼앗겨 애첩이라고 불리는 입장이 되었다. 언니들을 질투해서 저택을 스스로 떠났지만 라일라는 이렇게 신부로서 되돌아온 것이었다. 그렇게 생각하니 감개무량해졌다.

다들 제각기 따스한 축하의 말을 해주었다.

"너는 이제 영주 부인이야. 누구도 네 입장을 비난하게 내버려 두지 않아."

루퍼스의 따뜻한 말에 라일라는 눈물을 글썽였다.

라일라의 방은 이전과 마찬가지였다. 원래 라일라의 방은 영주 부인의 방이었던 것이다. 애첩인 자신이 부인을 위해 만들어진 방을 쓰는 것은 주제 넘는다고 생각했지만, 지금은 당당하게 이 방에 있을 수 있었다. 그렇다고 해도 침대는 거의 쓸 기회가 없을지도 모른다.

라일라는 루퍼스의 침실에 있는 침대를 떠올리고는 미소를 지었다.

"오늘은 내가 네 수발을 들어주지. 이리 와, 라일라."

루퍼스가 준비실에 데려가서 라일라의 드레스의 등에 달린 단추를 풀어주었다. 드레스를 벗기자 어쩐지 불안한 기분이 들었다. 루퍼스 앞에서 옷을 벗는 것은 오랜만이기 때문이었다.

그는 라일라의 틀어 올린 머리카락을 풀고서 등으로 늘어뜨렸다. 그리고 코르셋의 끈을 풀었다.

한 꺼풀, 한 꺼풀 몸을 지키던 것이 사라져 갔다. 그러나 조금씩 무방비한 모습으로 변해가는 자신을 루퍼스가 다정한 눈으로 바라보고 있다는 사실을 깨닫고서 라일라는 안심했다.

억지로 순결을 빼앗겼을 때와는 달랐다. 그의 마음도, 자신의 마음도 그때와는 다른 것이었다.

루퍼스는 마침내 라일라가 입고 있던 옷을 모두 벗겨내고 말았다. 그는 눈을 빛내며 라일라의 나신을 바라보았다.

"그렇게 바라보시면 어쩐지 부끄러워요……."

"나는 너를 보고 감탄하고 있어. 이렇게 아름다운 신부를 내 것으로 만들 수 있어서, 정말로 행복해."

"저 같은 건 그다지 예쁘지 않은데요."

루퍼스가 눈썹을 치켜 올리고 고개를 내저었다.

"네 언니들처럼 금발이나 녹색 눈만이 아름다운 게 아니야. 너는 충분히 아름다워. 언니들에게 없는 고운 마음씨에 좋은 머리가 있으니까. 네 쪽이 훨씬 아름다워."

루퍼스는 라일라의 머리카락에 손을 대었다.

"이 머리카락…… 나는 이 머리카락 색깔을 좋아해."

그는 머리카락을 한 움큼 쥐더니 그것에 다정한 키스를 했다.

"그, 그래요?"

"아무튼 네 머리카락 색깔이니까 말이지."

즉, 그 정도로 나를 좋아한다는 뜻일까.

라일라는 당장에라도 기분이 날아오를 것 같아졌다. 사랑하는 사람에게 그런 말을 듣고서 기쁘지 않을 여자는 없으리라.

"개암나무색 눈동자도 좋아해. 이 눈동자를 바라보고 있노라면 항상 행복해져."

"정말로……?"

라일라가 루퍼스를 쳐다보자, 그는 정말로 행복하다는

듯이 미소를 지었다.

"훨씬 전부터…… 아마도 처음 너를 보았을 때부터, 너의 포로가 되었어. 불길한 예감이 들었던 거야. 너같이 젊은 아가씨를 고용살이로 내놓으라고 말하는 게 아니었다고 후회했지."

"저는 당신을 처음 보았을 때 숨이 멎는 줄 알았어요. 그런 가면을 쓰고 있었는걸요."

루퍼스는 그때 있었던 일을 떠올린 듯이 웃음소리를 냈다.

"잡아먹힌다고 생각했나?"

"웃을 일이 아니라 정말로 그런 소문이 돌고 있었어요. 하지만 가면 아래 감춰진 얼굴을 보고, 정말로 아름다운 사람이라고 생각했어요."

"상처자국은 신경 쓰였겠지?"

이번에는 라일라가 고개를 내저을 차례였다.

"전혀요. 미안하지만 당신이 그렇게 신경 쓸 정도의 위력은 없었던 것 같아요. 나만이 아니라 다들 그랬잖아요. 마을 여성들은 전부 당신의 매력에 현혹되어서 멍하니 있었어요."

"그건 과장이로군. 상처자국을 보지 않으려고 했던 여성도 있었어. 그렇지만 네가 그렇지 않아서 다행이야."

라일라는 빙긋 웃으며 그에게 매달렸다.

"있잖아요, 이곳이 아니라 침대가 좋아요."

"아아…… 그렇군."

루퍼스는 라일라를 안아 올리더니 자신의 침실로 데려갔다. 그리고 침대에 조용히 눕혔다.

"당신도 벗어요."

"부인께서는 주문이 많군."

그렇게 말하면서도 루퍼스는 입고 있던 옷을 한 꺼풀, 한 꺼풀 벗어갔다. 상처자국이 보였지만 라일라는 신경 쓰지 않았다. 아니, 신경 쓰지 않았다기보다 그곳을 만지거나 키스하고 싶어졌다.

그렇지만 이제 그런 행동을 하지 않아도, 이미 그의 상처자국은 치유되었는지도 몰랐다. 그렇지 않았다면 오늘 같은 결혼식을 치를 수 없었으리라. 무엇보다 온 마을 사람들이 찾아와서 축하를 해주었기에.

옷을 전부 벗은 루퍼스는 라일라가 누운 침대에 자신도 누웠다. 그의 미소가 눈부셨다. 가슴 깊은 곳에서 그와 함께 있다는 사실에 행복이 샘솟았다.

"라일라, 사랑해."

루퍼스가 입술을 포개왔다.

금세 몸이 뜨거워졌다. 드디어 자신은 그의 신부가 된 것이다. 순수한 기쁨으로 가슴이 벅차올랐다. 라일라는 그가 좋아서 몸 둘 바를 몰랐다. 줄곧 그를 자신만의 것으로 삼고 싶었던 것이다.

몸도. 그리고 마음도. 자신의 모든 것이 그를 바랐다.

두 사람은 질리지 않고 몇 번이고 키스를 나누었다. 키스만으로 끝나는 것이 아니라 앞으로도 남은 과정이 긴데, 자신들은 이상해진 것인지도 몰랐다. 어찌할 수 없을 정도로 몸이 달아올랐다. 그렇지만 지금은 키스를 하고 싶었다.

몇 번이고, 몇 번이고. 입술을 나눌 때마다 기쁨이 샘솟았다.

그의 애정을 느끼니 더욱 그랬다.

그러고 보니 서로 상대방을 사랑한다는 고백을 하고 나서 처음으로 침대에 들어온 것이었다. 그래서 어쩐지 지금까지와는 다르다는 기분이 들었던 것이다.

입술이 이번에는 목덜미를 미끄러져 갔다.

"루퍼스……. 아아…… 루퍼스."

몸이 오싹거렸다. 어떻게 안아도 좋았다. 라일라는 그저 그를 원했다. 이렇게 몸을 겹치고 있노라니 어쩐지 견딜 수 없어서, 저도 모르게 허리를 그의 다리 사이에 붙여 힘주어 문지르고 말았다.

"나쁜 아이로군."

루퍼스가 씨익 웃었다.

"그렇지만……."

"참을 수 없나?"

루퍼스의 손이 라일라의 넓적다리를 어루만졌다. 라일라는 신음하면서도 좀 더 많이 애무해 주면 좋겠다고 생각했다.

"키스해 줘요……. 몸 여기저기에…… 키스하지 않은 장소가 없을 정도로."

"그래, 네 말대로 하지."

루퍼스는 정말로 라일라의 몸 구석구석까지 공들여서 키스를 퍼부었다. 가슴에도 잔뜩 입술을 미끄러뜨리고 그 장밋빛 정점을 입에 머금었다. 그의 혀를 느끼고서 라일라는 그의 등에 손톱을 세웠다.

라일라의 몸에는 민감한 부분이 잔뜩 있었다. 루퍼스는 그곳을 전부 알고 있었기에 일부러 애태우는 애무를 베풀었다.

그를 원했다. 그 마음이 점점 높아져 갔다.

라일라의 허리가 혼자서 움직이기 시작했다. 루퍼스는 피식 웃더니, 움직임을 멈추고는 라일라의 다리를 크게 벌렸다.

루퍼스는 라일라의 숨겨진 장소를 바라보고 나서 키스를 해왔다.

"앗…… 아응…… 앗……."

이렇게 음란한 목소리를 내고 싶지는 않았다. 그렇지만 아무리 노력해도 입에서 흘러나오고 말았다. 이제 스스로도 어찌할 수 없는 것이었다. 루퍼스는 일부러 자신에게 이런 목소리를 내게 하려고 하고 있는지도 몰랐다.

그의 입술이, 혀가, 그리고 손가락이 라일라를 민감하게 몰아붙여 갔다. 그는 라일라를 느끼게 하는 일이 자신의 욕망보다 중요하다고 생각한 모양이었다. 라일라에게는 어느 쪽도 중요한 일이었지만.

루퍼스는 라일라의 안을 향해 손가락 하나를 잠입시켰다. 라일라는 무심코 그 손가락을 조이고 말았다.

루퍼스는 피식 웃었다.

"그렇게 애타게 기다렸나?"

"그렇지만…… 줄곧 안아주지 않았으니까……."

"너를 위해서 참았던 거야. 신부를 이 손으로 안을 때까지는 금욕하겠다고 결심했었어."

즉, 그이후로 라일라 이외의 누구와도 침대를 함께 쓰지 않았다는 뜻이었다. 그를 믿고 있었지만 다시금 그런 말을 듣자 라일라는 만족했다.

역시 자신만의 루퍼스로 있어주었으면 했다. 그리고 자신 역시 루퍼스만의 라일라가 되겠다고 생각했다.

루퍼스는 손가락을 찔러 넣으면서 민감한 싹 부분에 혀를 미끄러뜨렸다. 그러는 사이 라일라의 몸이 움찔움찔 떨리기 시작했다. 강렬한 쾌감이 라일라를 몰아붙였다.

몸의 열기가 단숨에 내뿜어질 것만 같았던 순간, 갑자기 루퍼스는 그녀를 어정쩡하게 내팽겨 쳤다.

키스를 그만두고 일단 라일라의 몸을 놓은 것이었다.

엇…… 어째서?

라일라는 그 이유를 알 수 없었다. 그러나 곧바로 루퍼스가 허리를 밀착시켜 왔을 때, 그가 더 이상 참을 수 없는 상태였다는 사실을 알았다. 한시라도 빨리 라일라의 안으로 들어가고 싶은 것이리라.

그의 분신이 침입해 왔다. 라일라는 오랜만에 느끼는 감각에 몸이 타들어갈 정도의 열기를 느꼈다. 몸이 이유도 없이 떨렸다. 추운 것이 아니라 그를 받아들였다는 사실에 감동을 느꼈기 때문이었다.

그 정도로 라일라는 그를 갈구하고 있었다.

"루퍼스……."

라일라는 그가 안까지 들어오자 양손을 펼쳐서 그의 몸을 끌어안았다.

살결과 살결이 맞닿았다. 이 얼마나 기분이 좋은가. 루퍼스가 자신의 것이 되었다고 생각하자 진심으로 그를 소중히 여기고 싶어졌다.

사랑스러움이 벅차올라서…….

라일라는 양다리를 그의 허리에 휘감고 말았다.

그가 몇 번이고 몇 번이고 안까지 꿰뚫고 들어왔다. 라일라는 그때마다 교성을 질렀다. 몸의 구석구석까지 달콤한 쾌감이 침범해 왔다. 그리고 그 감각이 점점 부풀어 올라서 어찌할 바를 모를 정도로 커다래졌다.

라일라는 그의 목에 팔을 둘렀다.

입술이 포개졌다. 그가 라일라의 입술을 탐했다.

허리를 꾹 밀어붙이자 라일라는 절정으로 밀려 올라갔다.

"아아앗……!"

눈앞이 아찔한 쾌감이 밀려왔다. 그 감각에 휩쓸려가면서도 그의 몸에 꽉 매달렸다. 그 또한 라일라의 안에서 열기를 내뿜었다.

이 얼마나 행복한가.

라일라는 그의 등에 손바닥을 미끄러뜨렸다. 등에도 상처자국이 있었지만 그런 것은 이제 아무래도 좋았다.

"사랑해……."

라일라의 귀에 그의 속삭임이 닿았다.

"저도요……."

그가 사람이든지 짐승이든지. 설령 무언가 길을 벗어났다고 해도, 변함없이 계속해서 사랑하겠다.

라일라는 그의 온기 속에서 그렇게 결심했다.

*　　　*　　　*

커튼 틈새로 아침의 빛이 들어왔다.

라일라는 눈을 뜨고서 곁에서 잠든 루퍼스를 바라보았다. 그의 금갈색 머리카락이 반짝반짝 빛났다. 사랑스러움에 가슴이 메어 라일라는 행복한 기분이 들었다.

이런 행복이 기다리고 있을 줄은 이 저택으로 찾아왔을 당시에는 상상도 하지 못했다.

짐승 영주님에게 잡아먹힐지도 모른다고 생각하며 진심으로 두려워했다니, 지금 생각해 보면 정말로 우스웠다.

루퍼스의 눈꺼풀이 움직이더니 그가 눈을 떴다. 멍하긴 했지만 그의 눈동자는 분명하게 라일라를 바라보았다. 그가 설핏 미소 지었다.

"신기하군. 너와 아침 햇빛이 드는 침대 안에서 이렇게 지내고 있다니."

그와 빈번하게 잠자리를 함께하던 무렵에는 이 시간에 일어나지 않았기 때문이었다. 아침의 이 시간에는 상쾌한 분위기가 있어서, 그 느낌을 루퍼스와 공유하는 것이 기뻤다.

"정원으로 산책가지 않겠어요?"

루퍼스는 쿡 웃고서 손을 뻗어 라일라의 뺨을 쓰다듬었다.

"신혼부부가 어째서 첫날밤을 치른 다음 날 아침에 정원을 산책해야만 하지?"

"그렇지만 기분 좋은 아침인걸요."

"정원 산책 같은 건 언제든지 갈 수 있어."

루퍼스는 라일라의 목덜미에 손을 대고 끌어당겼다. 그리고 곧바로 입술을 빼앗았다.

그의 키스는 황홀할 정도로 달콤해서, 금세 라일라의 마음은 루퍼스 쪽으로 기울었다.

혀를 휘감자 더 이상 산책 운운할 때가 아니었다. 몸에 불이 붙자 금세 그에게 애무를 받고 싶어졌다. 입술이 떨어진 후에도 달아오른 몸은 원래대로 돌아가지 않았다.

"정말…… 너무해요."

"그런가. 나는 너를 원해. 아직 침대에서 나가고 싶지 않아."

루퍼스의 열정을 숨긴 눈동자를 바라보자 라일라도 같은 기분이 들었다. 어차피 몸에는 이미 욕망의 불이 붙어버리고 말았다.

그가 만져 주었으면 했다. 그에게 키스를 받고 싶었다. 스스로도 놀랄 만큼 욕망은 깊은 것이었다.

"우리들, 짐승 부부 같네요."

루퍼스는 미소를 지었다.

"그럴지도 모르겠군. 그렇지만 이 짐승은 아내만을 사랑해."

라일라가 가슴이 덜컥 내려앉았다.

"저도…… 남편만을 사랑해요."

루퍼스는 라일라를 자신의 가슴으로 끌어안았다.

벌써 몇 번이나 그에게 안겼는데, 아내가 되고 나서는 느낌이 달랐다. 그렇다면 그 역시 이전과는 다른 방식으로 느끼고 있는 것일지도 몰랐다.

"라일라……."

루퍼스는 라일라의 머리카락을 쓰다듬었다. 그의 손이 라일라의 뺨으로 이동하더니, 그런 다음 다정하게 고개를 들어 올렸다.

그의 눈동자는 반짝거려서…….

무척이나 행복해 보였다.

"사랑해. 영원히. 누구보다도."

맹세의 키스를 하는 것처럼, 그의 입술이 다가왔다.

라일라는 살짝 눈을 감고서 그의 입술이 닿기를 기다렸다.

모든 것은 전부 그를 위해서.

한없는 다정함이 라일라를 감쌌다.

『짐승 영주에게 사로잡힌 아가씨』 끝

작가 후기

　안녕하세요. 미즈시마 시노부입니다. 이번 작품인『짐승 영주에게 사로잡힌 아가씨』는 어떠셨나요. 마음에 드셨다면 기쁘겠습니다.

　이 이야기의 모티프는 물론『미녀와 야수』입니다. 이 소재로 소설을 쓰고 싶다고 생각한 때는 사실 8년 전이었습니다. 당시는 지금 같은 소녀 계열 장르가 아니었기에, 현대물인 보이즈 러브로요. 그렇지만 그때 (다른 출판사) 편집자님께 '그건…… 재미있나요?' 라는 말을 듣고서 맥없이 좌절했었습니다.

　8년 전에는 가슴을 펴고 '재미있어요!' 라고 주장할 수 없었지만 지금이라면 말할 수 있습니다. 왜냐하면 무서운 야수가 사는 저택에 주인공이 강제적으로 살게 되다니, 엄청 에로틱한 설정이잖아요.

그렇다고는 해도 제가 쓴 영주님인 루퍼스는 결코 마음 다정한 야수 따위는 아니었습니다만, 다정하기는커녕 삐뚤어진데다 상당히 지독한 녀석입니다. 루퍼스의 시점으로도 썼으니 그의 심경 변화도 알아주시리라고 생각합니다만, 그렇다고 해도 처음은 라일라를 농락하고 버릴 셈이었다고 하는……. 그게, 뭐라고 해야 할지 제법 병적인 애정을 품은 사람이네요.

라일라는 순진하지만 속기 쉬운 얼뜨기입니다. 그렇지만 무슨 일이건 열심히 한다고요. 고운 마음씨에 사람이 좋아요. 루퍼스는 힘껏 저항합니다만, 결국 그런 라일라를 사랑하고 맙니다. 정말 귀여워서 어쩔 수 없다는 느낌으로 맹목적으로 사랑을 퍼주거나 하며.

라일라는 사람을 잡아먹는 영주의 제물이 되는 둥, 몸을 농락당하는 둥, 애첩이 되는 둥…… 그렇게 생각했더니 신분 차이나 이런저런 일로 고뇌하게 되고……. 큰일입니다. 그렇지만 첫사랑인 영주님과 맺어졌으니 행복한 결말이겠지요. 뭐, 언니들이 더 고생시킬 것 같지만 말이죠.

조역 인물은 여럿 나왔습니다만, 제가 마음에 든 사람은 쥬크가 아니라 노스입니다. 한결같은 충복(웃음). 그렇지만 그에게는 무언가 숨겨진 얼굴이 있을 법하다고 생각하지 않으시나요?

그건 그렇고, 이번에 일러스트를 맡아주신 분은 아사히코 선생님입니다. 귀여운 라일라에 심술궂은 미형 루퍼스. 커버 일러스트, 정말로 두근거리네요. 이미지 그대로의 멋진 일러스트를 그려주셔서 정말로 감사드립니다!

그럼 여러분, 혹시 감상이 있다면 보내주시면 기쁘겠습니다.

미즈시마 시노부

역자 후기

역자 후기까지 페이지를 넘겨주신 독자 여러분께 인사드
립니다. 이 이야기의 번역을 맡은 정우주라고 합니다.

이번 작품은 작가 후기에서도 밝혔듯이 『미녀와 야수』를
모티프로 삼은 이야기입니다. 거기에 『신데렐라』를 버무린
듯한 느낌이 물씬 풍겨 오네요.

사람을 잡아먹는다는 짐승 영주님과 그런 영주님을 보듬
어 안는 마음씨 고운 아가씨의 사랑이야기입니다만……
여주인공 라일라가 이래저래 고생을 많이 해서 안쓰럽네
요. 솔직히 루퍼스도 나중에 라일라에게 감화받아서 갱생

되긴 했지만 몹쓸 인간이었는데……. 라일라의 가족들의 벌이는 행각이 너무 지독해서 크게 신경 쓰이지 않을 지경입니다.

라일라의 가족들이 하나같이 허영심으로 가득 찬데다 체면만 중시하며 라일라를 너무 홀대하네요. 라일라의 아버지도 마지막에 어영부영 반성하고 사죄하긴 했는데 그다지 진심 어린 것 같지 않은 느낌이고, 언니들은 마지막까지 변함없는 태도라서……. 라일라가 영주 부인이 된 것을 빌미로 영주관에 들락거리면서 안하무인으로 굴거나, 마을에서 콧대 세우면서 다닐 것이 뻔해 보이는데 이걸 어쩌죠. 멀리 떨어져 사는 것도 아닌데 언니들이 마을 청년과 결혼에서 쭉 그곳에 눌러 살면 답이 없네요.

라일라는 자신이 줄곧 희생해 왔다는 사실을 깨닫기는 했지만 여전히 모질지 못하고 고민거리를 다 끌어안는 성격이라서 나중에도 다 감내하면서 살 것 같고요.

주역 커플이 오해와 갈등을 뛰어 넘고 무사히 맺어졌으니 분명 해피엔딩인데, 저는 왜 그 이후의 일이 걱정되는 것일까요? 조역 때문이 이야기를 다 읽고 나서도 이런 찜찜한 기분을 느껴야 하다니…….

아, 그리고 이야기 내용 중 사소한 의문점 하나. 라일라는 애첩이 되기 전에 열심히 하녀로 일해서 급료를 받았을 텐데 왜 후반부에 빈손으로 나온 거죠? 급료, 안 챙겨줬을까요…….

어쨌거나 언젠가 독자 여러분과 또 다른 이야기를 통해
다시 뵙기를 바라며, 이만 줄입니다.

정우주

TL 로맨스 원고 공모

한국 TL을 선도해 나가는
AIN-FIN 메르헨-엘르 노블에서
뜨겁고 은밀한 사랑 이야기를 찾습니다.

장르 : TL 로맨스(현대, 판타지, 시대물 무관)
분량 : 200자 원고지 기준 700매 내외

보내주실 곳 : ainandfin@naver.com

채택되신 작품은 계약 후 교정 작업을 거쳐 정식 출간됩니다!

많은 참여 부탁드립니다.